읽지 않은
메시지가 있습니다

— 아버지께 이 책을 바칩니다

Selfie

Written by Kaat De Kock

First published in Belgium and the Netherlands in 2016 by Clavis Uitgeverij,
Hasselt-Amsterdam-New York.

Text and illustrations copyright © 2016 Clavis Uitgeverij,
Hasselt-Amsterdam-New York.

All rights reserved.

Korean Translation Copyright © 2019 by TOTOBOOK Publishing Co.
Korean edition is published by arrangement with Clavis Publishing Group
through Imprima Korea Agency

읽지 않은 메시지가 있습니다

리드 그로그 지음 최진영 옮김

팀

01

살포시 눈을 감고 들려오는 음악에 취했다. 세상과 멀어진 느낌이 든 순간, 누군가가 나를 옆으로 밀쳤다.

"잠든 건 아니지?"

줄리 목소리가 들려왔다.

나는 눈을 감은 채 줄리를 향해 웃으며 고개를 내저었다.

"그러면 이제 눈 좀 뜨시지? 마지막 곡이란 말이야!"

줄리 말이 맞았다.

눈을 뜨고 바로 앞 무대 위에 서 있는 시몬을 쳐다보았다. 그래, 나는 시몬 앞에 있어. 벌써 45분 동안이나 시몬을 바라보며 거기 서 있었지만, 항상 그렇듯 상대방은 내 시선을 알아채지 못했다.

약 반년 전, 시몬의 밴드 공연을 보고 나서 그 애한테 풍덩 빠져 버렸다. 안타깝게도 짝사랑일 뿐이지만. 그렇다. 시몬은 학교에서 나를 볼 때마다 친근하게 인사를 건네고 잠깐 대화를 나누기도 하지만, 우리 사이는 그 이상도 이하도 아니다.

시몬을 보면 속이 울렁거린다. 긴장하면 심장이 두근대고 배가 간질거리는 그 느낌 말이다. 방학이 다가올 때면 일주일 내내, 심지어는 더 길게 시몬을 보지 못한다는 생각에 미쳐 버릴 지경이다. 그냥 돌아 버릴 것 같다고 해야 하나? 물론 주말에 클럽에서 만날 수도 있지만. 그래, 그나마 클럽이 있어서 얼마나 다행인지……

이 작디작은 동네에서 우리가 할 수 있는 일은 그리 많지 않기에 내 또래는 모두 클럽으로 모인다.

앞으로 2년만 더 기다리면 대학에 간다. 이 지루하고 작은 도시를 떠나 더 끝내주는 큰 도시로 갈 테지만 그때까지 기다리는 게 쉽지만은 않다. 그때가 되면 시몬을 옆에서 바라볼 뿐만 아니라, 그 애와 포개져 있을 수도 있겠지. 흠흠. 다들 내가 무슨 말을 하는지 이해할 거라 믿는다.

무대가 비워지고 디제이가 올라와 음악을 틀기 시작했다. 아름다운 꿈에서 깬 기분이다.

그때 줄리가 살며시 물었다.

"린다, 여기 온 거 후회하진 않지?"

난 바로 대답하지는 않았다. 물론 더 이상 시몬을 머릿속에서 지울 수 없으니 후회스럽지만……. 사실 시몬을 지우는 건 원래부터 불가능한 일이다. 하지만 다시 생각해 보면 45분 동안 시몬의 공연을 보며 느낀 완벽한 행복은 자주 느낄 수 있는 감정이 아니다. 그래서 대답 대신 조용히 고개를 숙였다.

"좋아. 난 가서 마실 것 좀 더 사 올게."

"그럼 나도 콜라 한잔만."

"술은 더 안 마시는 거야?"

"지난주에 속 울렁거려 봤잖아. 그만 마시는 게 나을 거 같아. 약간 붕 뜬 기분은 좋지만 '붕 뜬'이랑 '웁— 토할 것 같아, 화장실은 어디야?'의 경계가 아직 확실하지 않거든. 으, 생각만 해도 불쾌해."

"정말? 그 정도야?"

어느새 줄리는 손에 든 콜라 잔을 넘겨주며 내게 물었다. 콜라 잔은 미지근했다. 바텐더가 이번에도 차갑게 식히지 않은 잔에 콜라를 따라 줬겠지. 보나마나 콜라는 탄산도 다 날아가고 마냥 달기만 할 것이다. 그게 바로 이 청소년 클럽이다. 저렴한 대신 몇 개 들어 있지 않은 얼음과 음료에 띄워 주는 작은 레몬 한 조각 이외에는 그 무엇도 기대할 수 없다.

여하튼 여기 온 거 후회하지 않냐는 물음에는 내가 고개를 끄덕인 거나 마찬가지지만, 줄리는 별로 믿지 않는 눈치다.

"가끔은 시몬이랑 실제로 사귈 수나 있을까, 진지하게 생각해 보곤 해."

그다지 기대감이 없는 내 말투에 줄리는 매번 하던 질문을 또다시 던졌다.

"그럼 대체 왜 맨날 공연장에 와서 스스로를 괴롭히는 건데?"

오늘도 줄리는 클럽에 가지 않는 게 좋을 거라고 설득했지만, 여느 때와 다름없이 내 고집에 못 이겨 같이 왔다. 시몬을 피해야 한다는 건 잘 알고 있다. 하지만 사랑의 열병을 앓고 있는 나는 그 애를 꼭 봐야만 했다. 다행히 줄리는 "난 몇 번씩이나 가지 말라고 경고했어."라고 말하는 대신 함께 클럽에 와 주었다.

"어차피 학교에서 거의 매일 시몬을 보니까, 무작정 피할 수도 없잖아."

나는 손에 든 콜라를 한 모금 마셨다. 예상대로 이미 탄산은 다 사라지고 없었다.

"그 말도 맞긴 하지. 하지만 린다, 너는 음악 하는 사람들한테 유난히 약하단 말이지. 기억해. 학교에서의 시몬과 무대 위 기타리스트 시몬은 완전 다른 사람이라고."

차마 할 말이 없었다. 줄리, 이 예리한 계집애. 이 세상에서 땀에 젖은 몸에 기타를 메고 스포트라이트를 받는 남자보다 더 섹시한 건 없다. 사실 음악 하는 남자애를 짝사랑한 게 이번이 처음은 아니다. 그래, 그들에게는 뭔가 특별한 게 있다.

줄리가 갑자기 팔꿈치로 나를 치는 바람에 손에 든 콜라가 약간 넘쳤다. 옷에 묻지 않아 얼마나 다행인지. 오늘은 내가 가진 옷 중 가장 예쁜 걸로 골라 입었다. 여성미를 잔뜩 뽐낼 수 있는 원피스이다. 바보 같아 보일지도 모르지만 난 이 옷만 믿고 있다. 마일리 사이러스가 입어도 답답해 보일 헐렁한 교복보다는 나으니 말이다. 이 섹시한 원피스는 무릎까지 오는 회색 울 치마, 목까지 단추를 잠근 하얀 블라우스, 그리고 파란색 스웨터인 우리 학교 교복과는 차원이 다르다.

이렇게 지루한 교복을 누가 만들었냐고? 바로 여자애의 무릎이나 봉긋한 가슴을 본 남자애들이 올바르지 못한 행동을 할까 두려워하는 우리 학교 여자 교장 선생님이다.

"저기 온다."

다급한 줄리의 말에 고개를 옆으로 돌렸다. 시몬이 우리 쪽으로 다가오고 있었다.

"안녕."

쿨하게 인사한다고 했는데 역시 얼굴이 빨개지는 건 어쩔 수 없다. 다행히 클럽 안이 캄캄하니까 보이지 않았을 테지. 시몬은 웃으며 손을 흔들고, 바 쪽으로 걸어갔다.

나는 또 시무룩해졌다.

"걱정하지 말라니까. 저 바보 멍청이는 자기가 뭘 놓쳤는지도 모를 거라고."

줄리의 말에 나는 슬프게 고개를 끄덕였다.

"아무래도 술 한잔 마셔야겠어. 아직 콜라가 좀 남아 있긴 한데, 완전 별로네. 너도 뭐 더 사다 줄까?"

"그럼 나도 너랑 같은 걸로 한잔."

나는 바텐더 쪽으로 쭈뼛쭈뼛 걸어갔다. 그쪽으로 가면 시몬을 만날 수 있을 테니까. 보아하니 바에 사람이 붐비는 탓에 시몬은 아직도 차례를 기다리고 있었다.

"안녕. 아직 주문 못 한 거야?"

"응. 엄청 붐비네."

"공연하는 밴드한테는 술이 전부 공짜라고 들었는데, 아니야?"

"무대에 설 때만 공짜더라고. 지금 목이 말라서 죽을 지경이야."

시몬이 대답한 순간, 누가 옆에서 치고 들어오는 바람에 나는 시몬 쪽으로 밀리고 말았다. 시몬의 팔꿈치에 내 가슴을 살짝 눌렸다.

"미안."

시몬은 사과하며 재빨리 내 가슴께에서 팔을 치웠다.

"네 잘못도 아닌데, 뭘."

말은 이렇게 했지만, 아마 이게 우리에게 그나마 섹스에 가장 근접한 접촉이 아니었을까?

"와, 오늘 안에 주문이나 할 수 있을지 모르겠네."

내 말에 시몬이 불만스러운 얼굴로 대답했다.

"보니까 여자애들 주문만 먼저 받고 있던데."

"그래?"

시몬의 말에 나는 본능적으로 까치발을 세워 바 테이블 위에 내 가슴을 걸치고 바텐더에게 말을 걸었다. 내 D컵 가슴을 시몬이 알아보길 바라는 마음에서 말이다. 바텐더가 환한 웃음을 지으며 우리 쪽으로 다가왔다.

"뭐 마실래?"

내가 재빨리 시몬에게 물었다. 시몬의 얼굴엔 먹구름이 껴 있는 것 같았다.

"맥주 세 잔."

시몬이 웅얼거렸다.

"맥주 다섯 잔 주세요."

내가 바텐더에게 사랑스러운 웃음을 지으며 줄리와 내 것까지 주문했다.

"잠시만 기다려."

"어휴, 세상에."

나중에 내 이야기를 들은 줄리는 한숨을 쉬었다.

"시몬은 남자잖아. 여자 힘을 빌려야만 주문할 수 있다니, 자존

심에 얼마나 상처받았겠어? 그 말 알지? '남자는 여자를 위해 식량을 구해 와야 한다.'라던가, 뭐라던가. 그거 말이야."

"그럼 내가 또 다 망친 거네."

한숨만 나왔다.

"아오, 그 정도 갖고 자존심 상하는 남자한테는 관심 줄 필요 없다니까."

줄리는 서둘러 이야기를 끝내려는 듯 보였다. 그럴 만도 하다. 내 자신감을 북돋워 주려고 이제까지 했던 말을 또 하는 건 어려운 일이다. 그렇다. 우리는 매번 같은 이야기를 반복하고 있다.

"이리 와."

줄리는 내 팔을 끌어 시끄러워지기 시작한 클럽의 한구석으로 데려갔다.

"자, 춤추고 놀면서 다 잊는 거야!"

02

으…… 머리야. 눈을 뜨려고 안간힘을 썼지만, 아무래도 누가 간밤에 내 눈을 풀로 붙여 놓은 것만 같다. 침대 옆 테이블에 놓인 휴대폰으로 팔을 뻗는데, 으악, 머리가 깨지는 줄 알았다. 일어나 앉으려고 했지만, 천장과 벽이 핑핑 돌아 도저히 똑바로 있을 수가 없다.

일단은 다시 베개를 베고 누워 어젯밤에 무슨 일이 있었는지 기억을 곱씹어 보았다. 기억의 조각이 이리저리 튀어나왔다. 줄리랑 같이 무대 위에 올라갔고, 클럽 한쪽에서 친구들과 이야기하는 시몬을 바라보지 않으려고 애썼다. 간밤에 시몬은 아예 춤을 추지 않았다. 사실 시몬이 춤추는 걸 한 번도 본 적 없긴 하지. 줄리는 나를 꾀어서 원피스 단추를 두 개나 풀게 했고, 시몬이 내게 관심을 가져 주길 함께 빌었다. 하지만 그러고 나니 오히려 주변 남자애들이 우리에게 맥주를 사 주겠다며 다가왔다.

그리고 거기서부터 기억이 흐려졌다. 중간에 줄리가 어떤 남자 애랑 이야기하다가 잠깐 사라졌고, 나도 몇몇 남자애들과 이야기를 나눈 것 같다. 그리고 음, 헌팅을 당했던 것 같은데. 대체 어떻게, 몇 시에, 어떤 상태로 집에 왔는지 전혀 기억나지 않았다.

휴대폰을 집으려고 다시 손을 뻗었다. 다행히 휴대폰이 손에 들어왔지만 곧바로 손에서 미끄러져 바닥으로 떨어지고 말았다.

휴대폰 떨어지는 소리가 들린 지 3초도 지나지 않아 남동생 아르너가 내 방으로 들어왔다.

"누나!"

그러고는 고함을 질렀다.

"엄마가 그러던데, 누나 술병 났다며?"

지금 이 순간만큼은 방 안에 귀찮게 날아다니는 파리를 때려잡듯이 아르너를 후려치고 싶었다. 그렇지만 동생은 이미 잠도 다 깼고, 심지어 반사 신경까지 좋으니 보나마나 실패하겠지. 난 동생을 응징하는 대신 다시 이불 속으로 미끄러져 들어갔다. 그 상태로 동생에게 몇 시인지 물었다.

동생은 이불을 휙 젖히더니 또다시 소리쳤다.

"뭐라고? 무슨 말을 하는지 하나도 안 들리는데!"

윽, 머리 아프다고! 술 한 모금 안 마셔 본 어린애가 숙취에 대해 뭘 알겠어. 얼마나 힘든지 모르니까 나를 이렇게 괴롭히는 거다.

그런데 잠깐. 엄마가 뭐라 그랬다고? 이번엔 이불 밖으로 나와 물었다.

"방금 한 말 무슨 뜻이야? 내가 집에 왔을 때 엄마가 깨 있었단 말이야?"

"엄마한테 직접 물어보시지 그래?"

동생이 비웃으며 말했다.

"그럴 만한 용기가 있다면 말이지. 그나저나 벌써 아침 10시 반이라고."

나는 흐느적거리며 겨우 침대에서 나와 욕실로 들어갔다. 내 방에는 화장실과 작은 욕실이 붙어 있다. 2차 성징이 시작될 즈음 엄마가 만들어 줬다. 가족이 공동으로 사용하는 욕실에서 여러 가지 '물건'을 찾은 아르너가 갑자기 이것저것 질문을 해 대기 시작했기 때문이다. 팬티 라이너라든가, 면도기 같은 물건에 대해 말이다. 여자들도 수염이 나느냐는 질문 따위를 했다. 아, 그리고 탐폰까지 찾아냈지. 한 1년간은 탐폰을 쥐 모양 인형이라고 속이긴 했다. 동생이 엄마 가방에서 찾은 탐폰으로 레스토랑에서 인형놀이를 하기 직전까지 말이다. 아, 그때 정말 웃겼는데.

여하튼 아르너는 내가 샤워하고 있을 때 몰래 들어와서 놀라게 하는 장난을 자주 쳤다. 물론 동생이 나쁜 마음을 먹거나 변태인 건 아니다. 그러니 대체 내가 왜 그 장난을 그렇게 싫어하는지 이해하지 못했을 것이다. 만 열세 살 남자애에게 '사생활'이란 그저 이해하기 어려운 단어일 뿐이었다.

내가 엄청 크게 화를 낸 적이 한 번 있다. 비키니 라인 제모를 하려고 몸에 왁스를 바르는데, 동생이 또 장난치러 들어오려고 했기 때문이다. 정말 위험한 조합이다. 뜨거운 왁스와 야만적인 남동생 콤보라니. 절대로 들어오지 말라며 히스테릭하게 반응했다.

처음에는 엄마도 욕실 문에 열쇠를 다는 것 정도로 끝냈다. 하지만 동생이 잠긴 문 따는 법을 알아냈고, 엄마도 다른 해결책을 찾아내야만 했다. 그 해결책이란 바로 내 방에 욕실을 만들어 주는 것이었다.

솔직히 말해 아빠가 떠난 뒤로 엄마가 우리 투정을 과하게 받아주고 있는 건 사실이다. 때로는 우리를 잃을까 봐 두려워하고 있다는 생각도 든다. 그런 일은 절대로 일어나지 않을 텐데. 그렇지만 뭐, 엄마도 아빠가 떠날 거라고는 예상하지 못했을 테니 걱정하는 맘을 이해할 수 있다.

아빠에 대한 기억은 이제 희미하다. 아빠가 더 이상 우리와 아침을 함께 먹지 않는다는 걸 알게 됐을 때 나는 고작 여섯 살이었다. 처음에는 그 이유가 그다지 궁금하지 않았다. 아빠가 '여행'을 떠났다는 엄마 말이 꽤나 그럴듯하게 들렸으니까. 그 시절의 나는 엄마가 굳이 내게 거짓말을 하리라고는 생각하지 못했다. 하지만 그 이후로도 몇 주 동안이나 아빠는 집에 돌아오지 않았고, 그제야 뭔가 이상하다는 느낌을 받았다. 그래서 엄마한테 다시 물어보니 아빠가 여행 간 나라를 너무 좋아해 그곳에 계속 살기로 결정했다고 말해 주었다.

그로부터 몇 년이 지나서야 재치 넘치는 그럴듯한 거짓말을 지어내는 것이 얼마나 어려운 일인지 깨달았다. 그때 엄마의 심장은 산산조각 부서졌을지도 모른다. 수중에는 두 아이와 풀타임으로 일해야 하는 직장만 남았을 테니 말이다. 그리고 열네 살이 된 딸에게 진실을 말해야 했을 때, 엄마가 받았을 상처는 감히 상상할 수도 없다. 진실은…… 아빠가 우리를 떠나 인터넷을 통해 만난 여자와 함께 살고 있다는 것. 심지어 채팅으로 만난 여자와!

쉽게 말하면 아빠는 중년의 위기를 맞아 집을 나갔다. 지루한 삶에 만족하지 못하고 새로운 모험을 찾아 떠났다. 그것 때문에 집을 나갈 필요까지는 없었는데. 거의 매일 늦게까지 야근한다고 말했지만, 사실 그 시간 내내 다른 여자와 바람을 피우고 있었다.

그러니 아빠는 다른 나라에서 살고 있던 게 아니었다. 그저 옆 도시에 살고 있을 뿐이었다.

"그러면 아빠는 왜 우리를 찾아오지 않는 거예요?"

진실을 알게 된 내 질문에 엄마의 눈에 아픔이 서렸다. 엄마 말로는, 아빠는 더 이상 우리에게 관심이 없었다. 아빠와 아빠의 새 여자 사이에는 심지어 아이까지 생겼다고……

그 이후로 아빠 얼굴이 잘 떠오르지 않는다. 벽에 걸린 가족사진도 엄마가 치워 버렸다. 어디에 치웠는지도 알았고 원한다면 찾아볼 수도 있었지만, 굳이 그럴 필요는 없었다. 아빠를 생각할 때는 얼굴이 아니라 단지 아빠에게 느꼈던 감정만을 상상했다.

아빠가 나를 하늘 위로 던져 올렸을 때 배 속이 간질거렸던 느낌을 기억한다. 아빠가 나를 무릎에 앉히고 책을 읽어 줬을 때의 느낌을 기억한다. 잠들기 전 아빠가 내 볼에 입 맞춰 줄 때 닿던 수염의 감촉을 기억한다. 내가 기억하는 건 사랑스럽고, 다정하고, 완벽한 아빠뿐이다. 하지만 나는 이 완벽한 아빠를 도망친 아빠와 함께 모두 지워 버렸다. 뒤도 돌아보지 않고 말이다.

샤워를 마친 후 옷을 입고 쭈뼛거리며 아래층으로 내려갔다. 엄마는 커피 잔을 들고 조리대에 앉아 있었다. 책을 읽지도 휴대폰을 만지작거리지도 않은 채 그저 앞만 바라보고 있을 뿐이었다. 보나 마나 나를 기다리고 있는 걸 테지. 이제 설교를 들을 일만 남았다.

"잠깐만요, 엄마. 머리 아픈 것만 어떻게 하고, 금방 자리에 앉을게요."

"그래서 그때까지 기다려 달라는 거니?"

엄마의 대답은 차가웠고, 떨리는 목소리에서 분노를 느낄 수 있었다.

"안타깝지만 그 두통은 네가 지고 가야 할 짐이야."

잠시 숨을 가다듬은 엄마는 본격적으로 설교를 시작했다. 얼마나 들어왔던지 외울 수도 있을 그런 연설.

"들어 봐, 린다. 술을 마실 수는 있어. 이해해. 하지만 네가 믿을 만한 행동을 해야 엄마도 너를 믿어 줄 수 있지."

여기까지 말한 엄마는, 어떻게 하면 물 한 잔 마실 수 있을까 눈동자를 굴리며 고민하는 나를 의자로 잡아끌었다. 그러고는 꼭 말을 듣지 않는 애완견을 혼내듯 소리쳤다.

"여기 앉아! 새벽 3시에 잘 알지도 못하는 남자애들 차에 실려서 집에 돌아왔으면 이 정도는 예상했어야지!"

엄마 말에 벌어진 입을 다물 수가 없었다.

"네? 대체 누가 저를 데려다준 거예요?"

"누군지 알았으면 내가 굳이 '잘 알지도 못하는 남자애들'이라고 하지도 않았겠지."

엄마의 목소리가 날카롭다.

정곡을 찌른다. 반박할 수가 없다.

"대체 뭘 어떻게 하면 잘 알지도 못하는 사람 차를 타고 집에 돌아올 생각을 할 수 있는 거니? 엄마는 너를 그보다는 똑똑하게 키웠다고 생각하는데, 아닌가 봐?"

"제가 아는 애들일 수도 있잖아요. 단지 기억나지 않는 것뿐이라고요."

"그래, 그렇게 취했으니 기억이 안 나겠지."

한숨만 나온다.

"걔네가 널 어떻게 했을지도 모른다는 생각은 안 해 본 거야? 납치를 당했을 수도 있었어! 걔들도 너처럼 술에 취해 있었다면 충분히 사고가 날 수 있는 상황이었다고."

"엄마……."

사실 '엄마, 또 오버하고 있어요.'라는 말이 입 밖으로 튀어나오기 직전이었지만, 다행히 참았다. 정말 내가 이 말을 하지 않은 게 맞겠지? 내 귀에 들리지 않았으니 맞을 거다.

"린다. 아예 놀지 말라는 게 아냐."

엄마 목소리가 좀 누그러졌다.

"맥주를 좀 마실 수도 있지. 엄마도 네 나이 때는 그랬고."

엄마의 웃음 섞인 말에 나도 모르게 웃음이 나왔다. 엄마가 반쯤 취해 클럽에서 춤을 추고, 알지도 못하는 남자애들이랑 농담을 주고받으며 교회 뒤에 숨어 입맞추는 모습이라니, 상상조차 되지 않는다. 그때는 교회 뒤에 숨어서 키스했겠지. 뭐 다른 곳이었을까.

"엄마가 원하는 건 하나야. 자전거 타고 집에 돌아오지 못할 정도로 취하면 엄마에게 전화를 하렴."

엄마가 잘 모르나 본데, 그 정도로 취했다는 건 엄마에게 전화도 할 수 없는 상태라는 뜻이다. 그렇지만 이 말을 입 밖으로 내지는 못한 채 그저 '알겠다고'밖에 대답할 수 없었다. 그래야 조금이라도 빨리 이 상황에서 빠져나갈 수 있다.

"여하튼 지금까지 엄마가 한 말 잘 알아들었을 거라 믿어. 이제 클럽에 세워 둔 자전거를 찾아올 순서야. 내일 학교에 타고 가려면 오늘 안으로 찾아와야지."

"클럽까지는 태워다 주실 거죠?"

순수하다 못해 천진난만하기까지 한 내 말에 엄마가 기막혀했다.

"나 참. 말도 안 되는 얘길 하고 있어."

"4킬로미터를 어떻게 걸어가요!"

절망적인 내 목소리에도 엄마는 꿈쩍하지 않았다.

"좋네. 숙취에는 시원한 바람을 맞으며 하는 산책만큼 좋은 약이 없지."

한 시간 뒤, 나는 욕을 중얼거리며 클럽을 향해 걸어가고 있었다. 심지어 비까지 내리기 시작했다. 우산이 필요할 만큼 강한 비는 아니어서 천만다행이지만, 옷이 젖어 불쾌하긴 매한가지다.

하지만 엄마랑 더 논쟁하고 싶지 않았다. 클럽에 가기 전에는 술을 많이 마시지 않겠다고 약속해 놓고, 얼마 지나지 않아 알지도 못하는 남자애들 차를 타고 집에 돌아왔다. 엄마 말대로 충분히 위험할 수 있는 상황이다. 늦은 밤에 생판 모르는 사람의 차를 얻어 타는 거나 마찬가지였으니까.

아무래도 줄리를 만나야겠다. 어제 무슨 일이 있었는지 줄리는 알고 있겠지.

한 시간 반이 지나서 줄리 집 앞에 도착했다. 하도 자주 오는 터라 별 생각 없이 뒷문으로 들어갔다. 굳이 노크할 필요도 없었다. 줄리 부모님도 내 행동에 별 생각이 없으신 눈치였다.

"왔니, 린다? 줄리는 방에 있단다."

줄리 아빠가 부엌에 서서 빵 반죽을 하고 있었다.

"네, 감사합니다."

인사를 하고 부엌을 지나 거실 옆 왼쪽 두 번째 문을 두드렸다. 문이 열리는 대신 줄리 목소리가 들려왔다.

"으으, 나 좀 내버려 둬요!"

세상에 줄리도 숙취가 심한가 보네.

"줄리! 나야, 린다."

"아, 린다야? 그럼 들어와."

줄리가 하얀 말이 그려진 이불 속에 누워 나를 바라보았다. 저 이불은 나보다도 더 오래된 줄리 친구다. 줄리가 열 살 때부터 함께해 왔다고 들었다. 비록 열여덟 살인 지금에는 너무나 유치할지 모르지만, 줄리가 그 이불을 절대 떠나보낼 수 없는 이유가 있다. 이불에 그려진 하얀 말이 악몽으로부터 자신을 지켜 준다고 굳게 믿고 있기 때문이다. 이불을 빨아야 할 때면, 아침에 세탁기에 넣고 건조기로 재빨리 말린 뒤 그날 밤에는 다시 그 이불을 덮고 잠들었다. 하, 물론 줄리를 대놓고 비웃진 않았다. 줄리도 내 치부를 많이 알고 있으니까.

"지금 몇 신지나 알고 누워 있는 거야?"

"응, 알아. 그래도 계속 누워 있을 거야. 안 그래도 이불 밖으로 나가 보려고 했는데, 하도 방이 핑핑 돌아서 일어날 수가 없더라고. 그냥 있을래. 괜히 일어났다가 팔이라도 부러지면 어떡해? 다칠 줄 알면서도 무책임하게 나갈 수는 없지."

줄리가 장난스럽게 웃었다.

"부모님이 깨우지 않으셨어?"

"응, 아직. 엄마는 벌써 출근했고, 아빠는 집이 조용해서 좋아할 걸. 아마 아침 내내 스포츠 경기만 봤을 거야."

"아까 들어올 때 보니까 빵 반죽하고 계시던데."

"진짜? 젠장! 그럼 빵 완성될 때까지만 더 누워 있어야겠다. 아빠가 구운 빵 따뜻할 때 먹으면 엄청 맛있거든."

한숨이 절로 나왔다.

"너는 부모님께 감사한 줄 알아야 해. 나는 빗속에서 한 시간이나 걸었다고."

줄리 부모님이 줄리를 많이 사랑하긴 하지만…… 잘 모르겠다. 아줌마, 그러니까 줄리 엄마는 워커홀릭이다. 한번은 줄리 생일날 갑자기 사라진 적도 있다.

"아빠가 옆에 있잖니. 네 친구들도 다 여기 있고. 엄마까지 필요하진 않잖아. 그리고 엄마가 일을 해야 돈을 벌고 생일 파티도 할수 있어. 엄마 말 알아들었지?"

그렇게 아줌마는 줄리 볼에 입을 맞추고는 사라져 버렸다. 그때 줄리는 고작 아홉 살이었다. 그 나이 대 아이들은 아빠보다는 엄마를 더 찾고, 친구보다 부모님이 더 중요하다. 그런데 그 당시 줄리는 엄청 슬퍼하긴 했지만 별로 불평하지 않았다. 내게 아빠가 없는 걸 아니까, 내 앞에서 그런 불평을 하면 안 된다고 생각하는 것 같았다. 가족을 버리고 떠난 아빠보다야 일 때문에 집을 비우는 엄마가 훨씬 나으니까.

갑자기 줄리가 밝은 목소리로 말을 걸었다.

"넌 잠도 깼고, 정신도 차린 것 같은데 말이야. 욕실에서 두통약좀 가져다주지 않을래? 물도 한 잔만 부탁해."

"넵, 대장님."

내 대답에 줄리가 혀를 날름 꺼내 보였다.

"그런데 혹시 어젯밤 기억나?"

막 두통약을 삼킨 줄리에게 물었다.

"나 필름 끊겼거든. 엄마 말로는 어떤 남자애들이 집에 데려다줬다는데, 누군지 기억나질 않아. 너도 걔네 차 타고 집에 온 거야?"

"아, 걔들? 내 남자 친구랑 그 애 친구들이야."

줄리 얼굴에 퍼지는 저 미소, 모나리자가 한 수 배워야 할 만큼 미스터리하다. 잠깐, 내가 잘못 들었나? 남자 친구라고?

"뭐라고? 나는 하룻밤 필름만 끊어진 줄 알았는데, 아예 몇 달 치 필름이 끊긴 거네! 너 어젯밤 자정까지도 솔로였잖아!"

"흠, 그랬지. 그냥 첫눈에 반했어."

"뭐? 나는 왜 기억이 하나도 안 나지?"

"너야 뭐, 완전 뻗어서 바에 앉아 있었으니까."

"진짜? 내가 그랬다고? 설마 시몬이 그 모습을 본 건 아니겠지?"

"린다, 시몬이 봤든 말든 그게 무슨 상관이야. 그런 애한테 시간 낭비하지 말라니까."

줄리 목소리에 짜증이 섞여 있었다.

"그리고 걔는 이미 집에 갔을 시간이야."

아차, 내 베스트프렌드가 새로 생긴 남자 친구에 대해서 이야기하는 중인데 내가 또 시몬 이야기를 꺼냈네. 조심해야지. 린다야, 세상이 다 너를 중심으로 돌아가진 않는단다.

"아, 말 돌려서 미안해. 자, 이제 제대로 얘기해 봐!"

"그게 말이지. 내가 미친 듯이 춤을 추고 있었거든. 근데 열아홉? 스물? 그 정도 돼 보이는 남자가 나한테 다가오면서 천국에서 내려올 때 다친 덴 없냐고 묻는 거야."

나는 눈동자를 굴렸다.

"알아, 알아. 그 멘트, 진짜 별로지? 그런데 걔가 내 눈을 지그시 바라보는 느낌이 너무 좋더라고. 저녁 내내 나한테 반해서 어떻게 말을 걸까 고민하다가 친구들한테 물어봤더니, 그 멘트를 날리라고 시키더래. 그래서 내가 만약 여자랑 썸 타고 싶으면 친구들 조언은 무조건 무시하라고 했지. 그랬더니 대답이 가관이야. 내가 데이트를 해 주면 다른 여자랑 썸 탈 일도 없을 거래."

신이 나서 내 팔뚝을 치는 줄리에게 물었다.

"세상에나. 너무 분위기 있는 거 아냐! 어떻게 생겼어?"

"당연히 잘생겼지. 짙은 색 짧은 머리에, 눈동자 색도 짙고, 눈은 그렇게 크지도 작지도 않아."

"하, 설명 한번 자세하네. 어떻게 생겼는지 잘 알겠다. 퍽이나 알겠어요."

줄리가 웃었다.

"진짜 확 눈에 띄는 구석은 없단 말이야. 그래도 잘생기긴 했어."

"여자 보는 눈도 끝내주네."

내 말에 줄리는 진지하면서도 웃기는 말투로 대답했다.

"암, 당연하지."

"근데 걔 이름이 뭐야?"

"음⋯⋯. 잘 모르겠어."

"이름을 모른단 말이야? 안 물어봤어?"

"당연히 물어봤지. 그런데 클럽 안이 하도 시끄러워서 잘 들리지도 않고, 이름이 뭔지 기억하기에는 어젯밤에 너무 취해 있었잖아."

"그럼 그다음엔?"

"이야기 좀 하고, 춤도 같이 췄지."

"네가 그러는 동안 난 대체 뭘 하고 있었을까? 어떻게 그걸 다 놓쳤느냔 말이야."

"내 말이. 네가 잠깐 앉아서 엠마랑 이야기하는 건 봤거든. 근데 자정 지나고 나서는 사실 신경을 못 썼어. 여하튼 너 취해서 재밌게 노는 거 같았거든."

"세상에! 엉뚱한 소리 했으면 어떡하지? 불쌍한 엠마, 다 받아주느라 힘들었겠네. 문자 보내 봐야겠다. 근데 너 말이야. 같이 춤추고 이야기 좀 했기로서니 그게 무슨 남자 친구야?"

"네 말이 맞아. 근데 내 얘기 좀 들어 봐. 중간에 걔가 나가서 바람 좀 쐬고 싶지 않느냐고 물어보더라고. 그러면서 내 어깨에 팔을 두르는데, 뭐 별일 있겠나 싶었지. 밖에 나가니까 이번엔 춥지 않느냐고 묻더라. 그래서 춥다고 얘기했지. 사실 뻥이었는데, 와 뻥을 쳐서 얼마나 다행인지. 춥다고 하니까 걔가 갑자기 나를 껴안는 거야! 딱 옆에 서서 나를 쳐다보는 그 느낌이…… 그리고 나도 걔를 보는데. 으, 린다, 너 그거 알지? 얘가 곧 나한테 키스하겠구나 하는 그 느낌 말이야."

나는 고개를 끄덕였다. 하도 오래전 일이라 기억을 되짚어 봐야 하지만 알긴 알지. 남자애랑 마지막으로 입을 맞춰 본 게 언제더라, 8개월쯤 됐나. 자그마치 8개월이라니! 디터르하고 두 달쯤 사귄 적이 있다. 이웃 동네에서 열린 뮤직 페스티벌에서 만난 애였다. 줄리에게 앞 사람 키가 너무 커서 무대가 하나도 안 보인다고 불평한 걸 들었던지, 내게 묻지도 않고 목말을 태워 준 남자애가 바로 디터르이다. 로맨틱하지 않아? 대체 어떤 여자애가 그런 작전에 버틸 수 있겠냐고. 심지어 목말을 태운 남자애가 잘생기면 말 다 했지.

사귀고 나서 몇 주는 정말 행복했다. 말 그대로 사랑의 늪에 푹 빠졌다. 하지만 그 앤 섹스를 원했다. 섹스를 하려면 만 열여덟 살은 돼야 하고, 난 마음의 준비도 되지 않았다. 키스 말고는 해 본 적이 없었다. 그러자 디터르는 다른 여자 친구를 찾아 떠났다.

처음엔 너무 슬퍼서 그냥 자 버릴까도 생각했다. 나랑 한 번만

자 달라고 사정하고 싶었다. 그러고 나면 다시 나랑 사귀어 줄 거라고 생각했다.

다행히도 줄리 덕에 그런 일은 일어나지 않았다. 고마운 친구 같으니라고. 그런 나쁜 놈과 첫 경험을 할 순 없지!

그로부터 두 달이 지난 어느 날, 무대에서 공연하는 시몬을 보았다. 그제야 디터르가 내 인생의 전부가 아니라는 걸 알았다. 나도 다른 사람과 사랑에 빠질 수 있었다. 뭐, 사실 그게 전부는 아니지만.

"걔 얼마나 키스를 잘하는지 몰라. 부드럽고, 달콤하고, 열정적이기까지 해."

무의식적으로 입술을 핥는 걸 보니 줄리는 머릿속으로 이미 그 남자애와 다시 키스하고 있는 게 분명했다.

"근데 우리가 얼마나 오래 키스했는지 도무지 기억나질 않아. 실제로는 5분 정도였을 텐데, 한 시간 정도 흐른 것 같다니까. 대체 시간이 어떻게 가 버린 건지. 여하튼 키스하고 났더니, 정신이 확 들더라. 그래서 네가 괜찮은지 확인해야 한다고 말하고 안으로 들어왔는데, 네가 바 테이블에 머리를 기대고 자고 있지 뭐야. 그래서 걔한테 우리를 집에 데려다 달라고 했어. 잘했지?"

"그래! 걔는 맨정신이었나 보네?"

"그야 난 모르지. 근데 어쩔 거야. 걔 아니면 너를 집에 데려다줄 수 없었는데. 새벽 2시에 아줌마한테 전화하길 바랐던 건 아니지?"

줄리 목소리에 심통이 묻어났다.

"죄송해요 아줌마, 주무시는데 깨운 건 아니죠? 린다가 술에 완전 꼴아서 자전거를 탈 수 없을 것 같아요. 지금 당장 따뜻한 이불을 걷어차고 나오셔서 애 좀 데려가실래요? 아, 차에서 토할 수도 있으니까 쓰레기봉투 꼭 챙겨 오시고요. 그때쯤이면 린다가 정신을 차려야 할 텐데 말이에요."

"윽, 알겠어, 그만해. 항복. 평생 고마워할게. 네 남자 친구 만나면 고맙다고 전해 줘. 다시 만날 거지?"

내가 조심스레 물었다.

"당연하지. 걔 팔뚝에 내 휴대폰 번호 적어 줬거든. 굳이 오늘이 아니어도 내일이나 모레는 전화가 오겠지. 아, 배고프다. 너도 뭐 좀 먹을래?"

그제야 줄리는 이불 속에서 엉금엉금 기어 나왔다.

"아니, 난 됐어. 뭘 먹을 만큼 속이 좋아지진 않았어. 아직도 숙취가 좀 있거든. 하루 종일 누워서 텔레비전이나 보고 좀 쉬어야겠어."

"아, 부럽다. 나는 이제 곧 할머니 댁에 가야 하는데."

줄리는 다시 이불 속으로 꿈틀대며 들어갔다.

03

15분 후 집에 도착했다. 리모컨을 들고 이불 속으로 들어갔더니, 갑자기 배에서 꼬르륵 소리가 났다. 꼭 자리 잡으면 이러더라! 그렇지만 일어나기 귀찮았다.

요새 푹 빠져 있는 〈그레이 아나토미〉 DVD를 켜고 나니, 침대 아래 숨겨 놓은 감자칩 반 봉지가 생각났다. 어제 텔레비전을 보면서 먹으려던 것이다. 그때 보던 프로그램 역시 〈그레이 아나토미〉이다. 지금까지 나온 모든 에피소드를 서너 번 이상 봤지만, 그걸로는 부족해서 좋아하는 장면을 편집한 동영상을 유튜브에서 찾아보고 있다. 특히 제시 윌리엄스가 연기하는 잭슨 에이버리가 얼마나 사랑스러운지 모른다. 시몬만큼 잘생기지는 않았지만, 그 배우가 내게 입맞추려 한다면 절대 밀어내진 않을 거다.

엄마는 내 방에 텔레비전 놓는 걸 반대했다. 내가 방에 틀어박혀 가족과 시간을 보내지 않을까 걱정했기 때문이다. 하지만 동생과 내가 계속해서 텔레비전 채널을 가지고 싸운 탓에 지난달 생일 선물로 텔레비전과 DVD 플레이어를 선물받았다.

나보다 세 살 어린 동생은 왜 자기 텔레비전은 없느냐고 따졌지만, 엄마는 열여덟 번째 생일을 기다려야 한다고 딱 잘라 말했다. 약속은 약속이다.

하지만 동생이 얼마나 실망했을지는 안 봐도 훤하다. 그래서 클럽이나 파티에 가는 금요일이나 토요일 밤엔 내 텔레비전을 볼 수 있게 해 줬다. 하, 세상에 이렇게 좋은 누나가 어디 있어?

* * *

다 먹은 감자칩 봉지를 바닥으로 던졌다. 아직 오후 4시지만 몇 번이나 봤던 에피소드를 반복해서 다시 보자니 너무 지루했다. 텔레비전 프로그램도 볼 게 없고, DVD는 너무 비싸서 가지고 있는 시리즈가 몇 개 없다. 아무래도 크리스마스 선물 리스트에 DVD를 몇 개 올려봐야겠다. 그런데 크리스마스가 아직 7개월이나 남았다니, 슬프기 그지없다.

컴퓨터를 켜고 페이스북에 접속했다. 일요일에는 새로 올라오는 포스트 수가 적다. 해 봐야 커피, 아기, 그리고 고양이 사진뿐이다.

그러다가 화면 상단 친구 요청 칸에 빨간 숫자 '1'이 뜬 걸 발견했다. 클릭하니 브람 베르보븐이라는 사람이었다. 한 번도 들어본 적 없는 이름인 데다 사진을 봐도 대체 누군지 모르겠다. 뭐, 잘생기긴 했네. 갈색 머리카락, 초록빛이 도는 갈색 눈동자, 통통한 입술과 날렵한 코까지.

나쁘지 않은데? 뭔가 이상하다 싶으면 친구 삭제를 하면 되니까 일단은 '수락하기'를 눌렀다.

브람의 담벼락에는 글이 많지 않았다. 이제 막 스무 살이 됐고, 여기서 12킬로미터 정도 떨어진 곳에 산다는 것 정도는 알 수 있었다. 그리고 관계 표시에 '솔로'라고 적혀 있었다. 세상에! 이런 건 꼭 미리 확인해야 한다. 여자 친구가 있는 남자애들이 접근한 게 한두 번이 아니기 때문이다.

몇 장의 프로필 사진을 지나치고 나니 그 애가 태그된 친구들과의 셀카 몇 장이 보였다. 그다지 당기지 않네. 포스트가 이렇게 적은 건 뭔가 켕기는 게 있어서일까, 아니면 그냥 수줍은 성격이어서일까?

소셜미디어에 그다지 관심 없는 사람일 수도 있지만, 아직 확실한 건 없다. 구글 창에 그 애 이름을 쳐 보았지만 아무것도 나오지 않았다. 트위터에서 같은 이름으로 된 계정을 찾긴 했지만, 역시 텅 비어 있었다.

그때 채팅창이 떴다. 브람이다.

안녕? 친구 신청 받아 줘서 고마워.

별것도 아닌데 뭐.

어제는 정말 반가웠어.

음? 갑자기 머리가 아파 온다. 어제 만났던 앤가?

솔직히 말하면……
사실 토요일에 필름이 끊겨서 말이야.

이거 곤란한데, 내가 누군지 기억나지 않는 거야?
슬퍼라. ㅠㅠ

정말 미안해!

잊지 못할 추억이라고 생각했는데!

나도 내가 술이 세다고 생각했는데!

너 재밌는 사람이구나. ^^ 사실 우리가 딱히
대화를 나눈 건 아니야. 그냥 나 혼자 멀리서
널 지켜보고 있었지.

멀리서 지켜봤다고? 바 테이블에 취해 있는
여자애들을 좋아하나 봐?

딱히 그 모습이 매력적이진 않았지. ^^ 그런데
그전에 무대에서 친구랑 웃고 있는 게 정말 예뻤어.

웃음이 나왔다. 누가 나를 예쁘다고 한 게 언제였더라. 물론 남자애들이 내게 종종 관심을 보이긴 하지만 그건 다 노리는 게 있기 때문이다. 브람 역시 그럴 수도 있겠지만. 이야기를 나누면서도 미심쩍은 마음은 사라지지 않았다. 클럽에서 잠깐 본 나를 굳이 페이스북에서 찾아 친구 신청까지 하다니, 대체 어떻게 받아들여야 할지 감이 오지 않았다.

아직 거기 있어?

응응. 그런데 내 이름은 어떻게 안 거야?

네가 화장실에 간 사이에 너랑 같이 앉아
있던 친구한테 물어봤지.

아, 걔가 이름을 알려 줬을 정도라면
안심해도 되는 건가…….

언제 한번 만나자. 그러면 내가 위험하지 않은
사람이란 걸 알 수 있을 거야. 물론 내 매력은
위험할 수 있겠지만 말이야. ^_^

겸손도 하셔라.

하하, 린다. 완벽해 보이는 나도 단점이 하나쯤은 있지 않겠어?

저기 있잖아, 미안한데. 토요일에 본 모습이 나라고 생각할 수 있겠지만, 그건 평소의 내가 아니야. 그러니까 만나자는 얘기는 사양할게.

그 마음도 이해해. 혹시 이번 주 토요일 저녁에 약속 있어? 카페나 뭐 그런 데 가려나?

ㅎㅎ 시도는 좋았어. 그런데 내가 대답하면 결국 우리 만나게 되는 거잖아.

으음, 역시 나는 신비로운 여성들한테 끌리더라.

헐, 잘됐네! 내가 바로 올해의 미스 미스터리 우승 후보거든.

어휴, 알겠어. 대신 채팅은 계속하는 거다?

시간은 이미 늦은 오후. 엄마랑 동생이랑 같이 앉아 텔레비전을 보는 것보다 채팅이 훨씬 재밌다.

당연하지.

한 시간 반이 지나고 저녁 준비가 다 됐다며 소리치는 엄마 목소리가 들려올 때 즈음 나는 브람이 축구를 하고, 〈그레이 아나토미〉를 싫어하지만 〈프렌즈〉나 〈왕좌의 게임〉 같은 시리즈에 중독돼 있다는 것을 알았다.

또 바이올린을 배웠지만 너무 소질이 없어서 그 애가 연주를 하면 이웃 주민이 주변에서 고양이가 고문당하는 소리가 들린다며 동물 보호소에 신고할 정도였다는 이야기와 전 여자 친구가 브람의 마음에 상처를 입힌 이후로 여자를 믿기 어려워졌다는 것, 그리고 유급을 해서 아직까지 고등학교 3학년에 머물러 있다는 것도 알게 됐다.

> 멍청해서 통과 못 한 게 아니라, 단지 부모님 이혼 때문에 힘들어서 공부를 못 했을 뿐이야.

개방적이고 자신의 감정에 솔직한 남자애를 드디어 만나다니. 즐겁다. 사실 남자들도 감정에 휩싸여 힘들어하는지는 몰랐다. 내가 같이 사는 유일한 남자, 남동생은 감정 따윈 없으니 다른 남자들도 다 그럴 거라 생각했다.

하지만 인터넷 채팅은 친구를 사귀기에 좋지 않은 방법이다. 그건 확실하다.

이제 저녁 먹으러 가야 해.

우리 다시 이야기할 수 있는 거지?

나중에 알려 줄게.

창을 급히 닫고 로그아웃했다. 잘 알지도 못하는 사람과 지키지 못할 약속을 하고 싶진 않다. 오늘은 그냥 외롭고 지루했던 거고, 내일이면 이 모든 감정이 다 사라질지도 모른다. 그러니 지금은 이렇게 끝내는 게 맞다.

하지만 다음 날 아침, 내 머리와 마음은 브람에 대한 생각으로 가득 차 있었다.

04

집에서 학교까지의 거리는 4킬로미터이다. 1학년 때부터 줄리와 함께 자전거 페달을 밟으며 눈보라와 비바람을 뚫고 달렸다. 체인이 풀리거나 기어가 고장나는 바람에 멈춰 섰던 게 한두 번이 아니다. 겨울엔 얼어서 미끄러워진 길에 몇 번이나 넘어졌는지 모른다. 울고 웃던 나날들……. 해가 서쪽에서 떴는지 처음으로 내가 도착하기도 전에 줄리가 길가에 서서 나를 기다리고 있었다.

"결국 걔가 전화 안 했어!"

내가 20미터나 떨어져 있는데도 줄리가 큰 소리로 외쳤다. 혹시 아직 잠에서 깨지 않은 사람이 있었다면, 그 순간 줄리 목소리를 듣고 화들짝 놀라 일어났을 거다.

"예상한 거 아니었어? 그렇게 빨리 연락 오진 않을 거라며."

"그냥 쿨해 보이려고 했던 말이지."

줄리가 재빨리 손사래를 쳤다.

"당연히 어제 전화가 오길 바랐지. 내가 보고 싶어 하는 만큼 걔도 나를 보고 싶을 테니까."

"줄리, 들어 봐. 나한테까지 쿨해 보일 필요는 없잖아? 나 린다야. 우리 벌써 몇 천 번은 만났을걸?"

내 말에 줄리가 살그머니 웃었다.

"내가 볼 땐 그렇게 나쁜 상황은 아니야. 걔도 어제 숙취에 시달렸겠지. 며칠 있다가 연락하기로 마음먹었을 수도 있고. 아니면 그 멍청한 친구들한테 어떻게 해야 하느냐고 상담 중일 수도 있잖아."

"멍청이들."

줄리가 고개를 절레절레 흔들었다.

"신경 쓰지 마. 우리는 걔들 없이도 살 수 있어."

"맞아, 맞아."

"그런데 말이지……."

조심스럽게 말을 꺼내며 갑자기 밝아진 내 얼굴을 본 줄리가 재빨리 물었다.

"뭐? 뭔데?"

"사실 나도 토요일에 누구 만났거든."

"토요일? 진짜? 어떻게? 누군데? 그걸 왜 지금 얘기하는 거야.

와, 뭘 먼저 물어봐야 할지도 모르겠네!"

"그러면 처음부터 말해 줘야겠다."

나는 웃으며 줄리에게 전부 이야기해 주었다.

"정말 환상적이었어. 꿈꾸는 기분이 이런 걸까. 디터르 있잖아. 두 달 동안 사귄 그 애에 대해 아는 것보다 고작 하루 동안 채팅한 브람에 대해 아는 게 더 많아. 이런 게 채팅의 장점 아닐까? 이게 다가 아냐. 심지어 내 이야기에 무척 관심 있어 하며 잘 들어 주기까지 하더라니까. 내 맘을 잘 이해하는 것 같아."

"벌써 사랑에 빠진 거야?"

"아직 잘 모르겠어. 그런데 곧 좋아하게 될 것 같아."

"얼굴은 언제 볼 거야?"

"그것도 잘 모르겠어. 사실 지금도 나쁘지 않거든. 만나면 지금의 감정이 사라지지 않을까? 너무 긴장한 나머지 무슨 말을 해야 할지도 걱정돼."

"그만 생각해. 그냥 밀어붙여야 할 때도 있는 법이야."

줄리 말이 맞는지도 모른다.

운동장에서 시몬을 몇 번이나 봤지만, 특별한 감정은 들지 않았다. 정말이다! 브람 생각만 해도 기분이 좋았다. 내게 관심 있는 잘생기기까지 한 남자애가 페이스북에서 나를 찾아내고 심지어는 몇 시간 동안이나 같이 수다를 떨다니! 시몬의 관심을 끌려고 애쓸 때보다 훨씬 기분이 좋았다.

* * *

학교에서 돌아왔지만 브람에게서는 아무 연락도 없었다. 어제 너무 급하게 대화를 끊어 버린 스스로에게 짜증이 났다. 하지만 먼저 대화를 시작할 순 없다. 이번에는 진득하게 기다려 관계의 갑으로 '연애'를 하고 싶다.

연애? 정신 차려, 린다! 멀리 뻗어 나가는 생각을 부여잡았다.

30분 후, 숙제를 하고 있는데 갑자기 채팅창이 떴다.

> 예쁜이 안녕, 나 보고 싶었어?

웃음이 났다.

> 약간?

> 네가 어제 갑자기 나가 버렸잖아. 설마 나랑
> 더 이상 이야기하고 싶지 않은 건지 걱정했어.
> 혹시 내가 말실수를 했는지 하루 종일 생각해 봤어.

미안. 내가 인사에 좀 약해. 통화할 때도 그런 걸 잘 못해서 '네가 먼저 끊어.'라고 얘기하거든. 그러면 상대방이 '아냐, 네가 먼저 끊어.'라고 한다니까.

학교는 어땠어? ^_^

어휴, 수학 두 시간에 지구과학 한 시간, 그리고 생물 한 시간이었어. 어어어엄청 지루하지. 너는?

괜찮았어. 국어, 영어, 역사, 체육.

재밌는 과목들뿐이네.

그렇지. 심지어는 너처럼 아름다운 여자애와 하루를 마무리할 수 있잖아? 이보다 더 좋을 수는 없지.

엉큼해!

진심이야. 난 진실만 말해.

"숙제는 다 했니?"

어느덧 6시 반. 콜리플라워, 감자, 그리고 소시지를 식탁에 차려 놓은 엄마가 물었다. 우리 엄마답다. 바깥은 23도인데 벌써 겨울 음식을 만들다니. 엄마는 하루 종일 에어컨 바람을 맞으며 시원하게 일한다. 그러고는 지하 주차장에 세워 놓은 에어컨이 빵빵한 차를 타고, 역시 에어컨 바람이 솔솔 부는 마트로 가서 장을 보니 바깥이 얼마나 더운지 모르는 거다.

젠장, 숙제를 잊었잖아. 브람과의 채팅이 정신을 쏙 빼놓았다.

"네, 다 했어요."

일단 엄마한테 거짓말을 하고 저녁을 먹었다. 그런 다음 군것질거리를 들고 방으로 올라왔다. 숙제를 마치고 잠들기 전, 페이스북에 로그인했다.

> 좋은 꿈 꾸라고 말하고 싶었어. 그런데 네가
> 언제 잠들지 알아야 말이지.

9시 7분에 온 메시지다.

> 아무리 그래도 9시라니.
> 잠들기엔 이른 시간 아니야?

> 미인은 잠꾸러기라는 말도 있잖아.
> 예쁜 너도 일찍 잠드나 했지.

> 너무 능숙하게 칭찬하는데?

린다, 자러 가기 전에 부탁이 하나 있어. 지금 네 모습을 찍어서 나한테 보내 줄 수 있을까? 잠옷 입은 채로 화장하지 않고, 필터 없는 셀카 말이야.

망설여진다. 나는 페이스북의 모든 프로필 사진을 신경 써서 고른다. 이중 턱과 튀어나온 광대가 없고, 눈은 똑바로 뜬, 매력적으로 나온 사진들만 올린다.

나는 스마트폰이 없는걸.

노트북 카메라로 찍으면 되잖아.

답이 너무 빠른데? 미리 생각해 놓은 거 아냐?

사진이 예쁘게 나올지 고민이라면 걱정일랑은 접어 둬. 나는 네가 클럽에서 자는 것까지 봤잖아. 그때 네가 어땠냐면 말이지, 입은 반쯤 벌리고⋯⋯.

알겠어, 그만해. 잠깐 기다려 봐.

웃겼다. 브람 말이 맞잖아. 필터 없이 찍은 사진 따위에 도망가는 남자애한테는 관심도 시간도 투자할 가치가 없다. 섹스하려고 접근하는 그저 그런 남자애들과 다를 게 없지.

노트북에 있는 웹캠 프로그램을 열고 사진을 찍었다. 백 퍼센트 만족스러운 사진은 아니지만, 브람을 더 기다리게 하면 내가 밀당을 한다고 의심할지도 모른다.

예쁘게 보이려면 높은 각도에 카메라를 올려놓고 찍어야 한다. 하지만 지나치게 높은 각도에서 찍으면 오히려 이상하게 나올 수 있으니 조심해야 한다. 화면에 내가 비치게끔 각도를 맞추려고 몸을 꺾었다. 그렇게 찍은 사진은 완벽했다. 2분도 채 걸리지 않아 브람에게 매력적인 사진을 보낼 수 있었다.

> 예쁘다.

> 고마워. ^^

> 아무래도 사랑에 빠질 거 같아.

전혀 예상치 않은 말에 어떤 반응을 해야 할지 알 수 없었다. 난 이미 브람을 좋아하지만, 브람에게 고백하자니 망설여졌다. 이제야 완벽한 남자애를 만났는데, 섣부른 고백으로 밀어내고 싶지 않았다. 그러니 브람이 알아서 해석할 수 있는 대답을 해야겠다.

> ^^;

* * *

"나쁜 놈!"

수요일 오후 상점가를 거닐며 줄리가 수도 없이 되뇐 말이다.

우리는 맘껏 쇼핑할 수 있을 만큼 용돈을 받은 적이 드물었지만, 매주 의식이라도 치르듯 상점가를 거닐며 여러 물건과 사람들을 구경했다.

"그날 밤 땀이 너무 많이 나서 네가 팔에 적어 준 전화번호가 지워졌던 게 아닐까? 아니면 다음 날 아침에 생각 없이 샤워하다가 깜빡하고 지워 버렸을 수도 있고. 걔도 지금 욕하고 있는 거 아니야?"

조심스러운 내 말에 줄리는 망설이는 투로 대답하며 아랫입술을 꽉 물었다.

"그런 걸까? 이제는 연락을 자주 하는 남자를 만나고 싶어. 연락이 없을 걸 알면서 굳이 만날 이유가 없잖아."

"나도 걔가 전화할 거라고 장담은 못 해. 우리가 착각한 게 한두 번이어야지. 그렇지만 정말 전화번호를 알면서도 전화를 안 한 건지는 모르잖아. 그렇다면 방법은 하나야. 범죄 현장으로 돌아가자."

줄리는 무슨 소린지 모르겠다는 얼굴로 나를 쳐다보았다.

"토요일 저녁에 다시 클럽에 가 보는 거야. 만약 걔가 너를 보고 싫어 한다면 그곳에 오겠지."

줄리 얼굴이 갑자기 밝아졌다.

"그렇지! 나를 찾고 싶다면 클럽에 다시 올 거야."

그러더니 중얼거리기 시작했다.

"완전 좋은 생각이야, 줄리. 엄청 로맨틱해……. 서로를 잃어버렸던 사랑하는 두 남녀가 서로를 찾기 위해 처음 입 맞췄던 곳으로 돌아오다니."

"벌써 로맨틱 코미디로 만들지 말고!"

"꿈을 꿔야 소녀란 말도 있잖아."

줄리가 한숨을 쉬었다.

* * *

> 이번 주 토요일 저녁에 뭐 해?

목요일 저녁. 줄리의 이름 없는 소년에게선 아직도 아무 연락이 없었고, 줄리는 절망에 빠지기 직전이었다. 그 와중에 나와 브람은 학교가 끝나고 나서부터 잠들기 전까지 매일 채팅을 했다.

> 친구랑 영화 보러 가려고.

거짓말이다. 하지만 클럽에 간다고 하면 브람이 따라올지 모르니 어쩔 수 없다. 나는 아직 브람을 만날 준비가 되지 않았다.

> 너는?

학교 친구들이랑 공연이나 보러 가려고.
너도 오면 좋을 텐데.

> 언젠간 볼 수 있겠지. 너무 서두르지 말자.

비밀 하나 말해 줄까? 네가 보내 준 사진으로
휴대폰 배경화면 설정했어.
그러니까 넌 항상 나랑 함께야.

갑자기 마음이 몽글몽글해진다.

내 사진도 한 장 보내 줄까?
너도 컴퓨터에 내 사진 띄워 놓으면 되잖아.

1분 후 사진이 한 장 도착했다. 사진 속에는 웃통을 벗은 브람이 있었다. 대체 이걸 어떻게 받아들여야 하지? 그래도…… 오, 신이시여! 완전 섹시하잖아. 많진 않지만 근육도 있다. 보기 좋은 근육이 있는 팔, 그리고 판판한 배까지.

감상은?

잘생겼다. ^O^ 내가 굳이 말하지 않아도 네가
잘생겼다는 것쯤은 이미 잘 알고 있지?

린다, 넌 정말 터프해. 그래도 그 터프한 성격이
네게 참 잘 어울려. 거짓말도 하지 않고.
너를 믿을 수 있을 거 같아. 너도 나를 믿지?

내 대답이 뭔지는 너도 알지? 이미 아무한테도
하지 않을 얘기를 너한테 많이 했잖아.

증명해 봐!

증명?

네가 나를 믿는다는 걸 증명해 봐.

어떻게 증명하면 되는데?

나랑 만나자.

아직 마음의 준비가 되지 않았다고 했잖아.
지금 이 상태로도 좋지 않아?

그건 맞지만……. 그럼 이건 어때? 너도 내가
보내 준 거랑 같은 사진을 한 장 보내 줘.

네가 보내 준 사진?
웃통을 벗고 사진을 찍으라고?

다 벗으란 말이 아니야. 하지만 굳이 벗은 사진을
보내 준다면 사양하진 않겠어. ^-^

그럼 무슨 얘긴데?

그냥 윗옷만 벗고 찍어 봐. 브라만 입고 찍을 수
있잖아.

설마 친구들이랑 같이
보려고 그러는 거야?

린다, 나 그런 사람 아니잖아.

그 정도로 너를 잘 아는지는 모르겠네.

누구보다 나를 잘 아는 사람은 바로 너야.
너와 나눈 개인적인 이야기를 다른 사람들에게
했을 것 같니? 전혀 그렇지 않아.
물론 친구들이랑 얘기를 하긴 하지만,
내 진짜 감정에 대해 털어놓진 않아.
그건 특별히 너와 하는 이야기야. 다른 뜻은 없었어.
너도 나를 신뢰하는지 알고 싶었을 뿐이야.
네가 보내는 사진은 보고 나서 바로 지울 거야.

> 그래도 싫어. 미안.

> 바다에 갈 때 비키니 입잖아.

> 당연하지.

> 브라나 비키니나 다를 게 뭔데?

잘 생각해 보면 브람의 말이 틀린 건 아니다. 비키니 입은 사진을 페이스북에 올리는 게 이렇게 망설여질까? 절대 아니지. 솔직히 몸매에는 자신 있다.

내가 대답하지 않자 브람은 거절로 받아들인 거 같다.

> 걱정 마, 린다. 너를 겁주거나 강요할 의도는 아니었어. 싫은 건 하지 않아도 돼. 네 의사를 150퍼센트 존중해.

이거 봐, 정말 나를 배려하잖아. 윗옷을 당겨 지금 입은 브라가 예쁜지 살펴보았다. 나쁘진 않지만, 옷장에는 입기 불편해서 한 번도 입지 않은 빨간 레이스 속옷이 잠자고 있다. 재빨리 브라를 갈아입고 가슴을 모아 크게 보이게 한 후, 몇 장의 사진을 찍었다.

사진은 잘 나왔다. 아니, 그냥 잘 나온 게 아니라 엄청 잘 나왔다.

그중에서도 제일 잘 나온 사진을 브람에게 보냈다.

브람이 아직 온라인이길 바랐지만, 아무 답장도 오지 않았다.

05

대체 무슨 짓을 한 거지? 원하는 걸 해 주었더니 브람은 사라져 버렸다.

벌써 밤 11시 반이니 당장 잠자리에 들어야 한다. 하지만 사진을 받자마자 나를 무시하는 브람을 생각하니 잠이 오지 않았다. 내 사진을 갖고 달아났을지도 모른다. 설마 벌써 이메일 주소록에 있는 모든 사람들에게 사진을 보낸 건 아니겠지?

일단 할 수 있는 걸 하자. 이를 닦고 잠옷을 입기로 했다. 그러려면 이 웃기지도 않은, 비싸기만 하고 편하지도 않은 브라를 벗어야만 한다. 다시는 꼴도 보고 싶지 않다. 당장 브라를 벗어 옷장 구석에 처박았다.

그러고는 다시 컴퓨터를 켜고 혹시 브람에게서 메시지가 오면 알림 소리에 잠을 깰 수 있게 볼륨을 최대로 키워 놓았다.

10분이 지나자 화면 보호기가 돌아가기 시작했다. 컴퓨터 사진 폴더에 저장해 놓은 사진들이 랜덤으로 화면에 뜨기 시작했다. 꼭 지난 인생을 파노라마로 보는 듯했다. 잘했던 일과 실수한 일 전부 말이다. 내 인생을 행복하게 한 사람들과 슬프게 한 사람들이 모두 보였다. 줄리와 함께 찍은 예쁜 사진들, 동생과 엄마와 함께 갔던 여행지에서 찍은 사진들, 디터르와의 행복한 시간들, 인터넷에서 찾은 시몬의 공연 사진까지…….

한 시간 후 나는 잠에 빠져들었다.

* * *

금요일 아침이 됐지만 브람에게서는 아무 연락도 없었다. 젠장! 젠장! 젠장! 물론 일찍 잠들어서 사진을 보지 못했을 수도 있다. 하지만 어떤 경우가 됐든 학교에 갔다가 집에 돌아왔을 즈음엔 답장이 와 있길 바랐다. 아니면 완전히 미쳐 버릴지도 모른다.

브람에게 스마트폰이 있나? 스무 살이라고 했으니까 있을 거다. 우리 학교에서 스마트폰이 없는 사람은 나뿐이다. 엄마는 지금은 굳이 스마트폰이 필요 없다고, 대학에 가면 사 주겠다고 약속했다. 인터넷은 노트북으로 접속하면 되고, 휴대폰은 급할 때 전화를 걸고 받을 수만 있으면 되니까 말이다.

"굳이 학교에서 페이스북에 접속할 필요가 뭐가 있어?"

옛날 옛적 흑백텔레비전을 보며 자란 어른들한테나 통할 말이다. 컴퓨터가 없는 세상에서 태어나 첫 직장에 들어갈 즈음 모뎀을 사용해 인터넷에 접속하던 시기의 사람들 말이다. 하지만 우리 엄마는 그렇게 나이가 많지 않다! 아무리 자식들이 10대이더라도 말이다.

줄리에게 모든 일을 설명하기는 너무 부끄러웠다. 왜 그렇게 순진하냐고 대놓고 말하진 않겠지만, 이미 그런 눈빛을 보낼 줄리가 눈에 선하다. 굳이 말로 하지 않아도 서로의 생각을 알 수 있다는 게 길고 깊은 우정의 장점이자 단점이다. 그러니 브람과 어떻게 됐느냐고 줄리가 등굣길에 물을 때마다 그저 이야기의 일부만 들려줄 수밖에 없다. 그냥 몇 시간 동안 즐겁게 채팅했더니 좋았다는 이야기 같은 거 말이다. 뭐 사실이기도 하고. 그러고 나서 줄리에게 토요일 저녁 클럽에 갈 때 무슨 옷을 입을지 물어보았다. 무척 경청하는 척을 하면서.

* * *

3시 45분, 집에 도착하자마자 화면에 뜬 채팅방의 붉은 숫자 '1'에 말 그대로 다리가 풀렸다.

미친, 어제 5분만 더 늦게 자러 갈걸.

점심시간에 온 메시지다.

도망쳐 버린 줄 알았어.

귀엽긴! 그럴 리가 없잖아! 날 믿어도 된다니까.
너 정말 예뻐. 엄청 섹시하고.
바탕화면에 깔고 싶지만 약속은 약속이니까,
사진은 지워 버릴게. 얼마나 오래 봤는지
머릿속에 완전 저장돼서 안 봐도 훤해.
자, 채팅창에서도 사진이 지워졌지?

학교에서 사진 열었을 때 누가 어깨너머로
보거나 하지 않은 게 확실하지?

당연하지. ^^ 넌 나만 볼 거야.
다른 애들이랑 너를 공유하고 싶지 않아.

다른 남자와 나를 공유할 일은 없을 거야.

갑자기 시몬 생각이 났다. 브람에게 거짓말을 하진 않았다. 감정이란 버튼을 누르는 것처럼 쉽게 바꿀 수 있는 게 아니니, 솔직히 말해 아직도 시몬을 향한 마음이 남아 있다. 하지만 나는 남자 친구를 배신하진 않을 거다. 만약 브람을 선택한다면 시몬이 고백한다 해도 거절할 거다. 시몬이 무릎 꿇고 빌어도 말이다. 그 모습을 보고 싶긴 하지만……

브람과 대화를 이어 가다 보니 어느새 저녁이 됐다. 이렇게 계속 채팅을 하다간 숙제할 시간도 없을 테니 저녁을 먹기 전에 컴퓨터를 꺼 버렸다. 이번 주 내내 브람과 채팅하느라 복습도 제대로 못했다. 꼭 몇 달이나 브람을 알고 지낸 기분이다.

내게 이렇게 관심을 갖는 남자애는 살면서 처음이다. 아빠도 내게 그 정도로 관심을 주지 않았는데, 브람은 내 모든 걸 알고 싶어 한다. 내가 오늘 뭘 했는지, 속상한 일은 없었는지 뿐만 아니라 어디로 쇼핑을 가고 싶은지, 어떤 스타일의 화장을 좋아하는지도 궁금해했다. 사랑스러운 남자 친구이면서 동시에 여자 친구처럼 내 이야기를 관심 있게 들어 주기까지 한다. 믿기지 않겠지만 사실이다.

저녁을 먹고 나서 숙제를 해 보려 했지만 머릿속은 이미 '린다와 브람의 나라'를 만들 생각으로 가득 찼다.

그 순간 갑자기 울리는 휴대폰 소리에 정신이 번쩍 들었다. 휴대폰 화면엔 모르는 번호가 떠 있었다.

"여보세요? 린다입니다."

수화기 건너편에서는 아무 소리도 들리지 않았다.

"여보세요?"

내가 다시 목소리를 높였다.

그제야 수화기 건너편에서 목소리가 들려왔다.

"린다야……. 아빠다."

06

대체 뭐라고 해야 하지. 아빠에게 전화가 오는 날을 늘 꿈꿔 왔지만, 정작 현실이 되고 보니 그저 당황스러웠다.

전화를 끊어 버렸다.

여러 가지 생각이 들었다. 아빠와 연락하며 지내고 싶은지 알수 없었다. 그저 아빠를 돌려받고 싶을 뿐이다. 항상 바라던 일이다. 하지만 다시 생각해 보면 아빠는 우리 세 식구를 버렸다. 그러니 내 사랑을 받을 자격이 없는 겁쟁이일 뿐이다. 껴안고 싶기도, 때려 버리고 싶기도 하다. 아빠 품에 안겨 여태까지 아빠가 알지못하는 이야기들을 쏟아 내고 싶다가도 윽박지르고 싶었다.

몇 분 후 휴대폰이 다시 울렸다. 보나마나 아빠일 것이다.

내가 전화를 받지 않자 문자가 왔다. 아빠가 보낸 음성 메시지였다. 진짜 우리 아빠 말이다. 내가 그리워하던 아빠. 내가 너무나 미워하던 아빠. 내가 너무나 사랑하던 아빠.

들어 볼까, 지워 버릴까? 어떡해야 할지 모르겠다.

줄리에게 전화를 걸었지만 음성 사서함으로 연결됐다.

페이스북에 접속했다.

오, 신이시여, 감사합니다. 브람이 온라인에 있었다.

> 브람? 거기 있어?

당연하지.

> 상담할 사람이 필요해.

심각한 일인 것 같은데.

> 맞아. 지난번에 우리 아빠 얘기 했던 것 기억나?

당연하지. 올해의 아빠상을 받을 만한 분은
아니었지.

> 그것도 과찬이다. 그런데 아빠가 왔어.

뭐? 그게 무슨 말이야? 너희 집에 오셨다고?

> 아니, 전화가 왔어.

뭐라서?

안 받았어.

아.

그랬더니 아빠가 음성 메시지를 남겼어.

그리고?

아직 안 들어 봤어.

어떡할 거야?

잘 모르겠어. 그래서 너한테 상담하는 거야.
넌 내가 어떤 기분인지 잘 알잖아.

음, 이혼한 부모님을 둔 기분이 뭔지는 알지.
그런데 우리 부모님은 서로 나를 보려고 싸운단
말이지.

잘나셨네.

미안, 나는 그냥 네 기분이 어떨지 잘 모르겠다는
말이었어. 그렇지만 어려운 일은 아닌 것 같은데.
스스로한테 물어보는 건 어때? 아빠 얘기를 듣고
싶지 않은 건지, 아니면 그냥 복수하고 싶어
받지 않은 건지.

곰곰이 생각해 보았다.

후자인 거 같아.

그럼 쉽네. 아빠는 네가 음성 메시지를 들었는지 확인할 수 없잖아. 그러니 한번 들어 봐.

그래야겠다. 일단 들어 볼게. 좀 기다려 줄 수 있어? 나가지 말고.

당연하지, 자기야. 네가 필요할 때마다 여기 있을게.

숨을 깊게 들이마시고 음성 사서함에 전화를 걸었다.

'한 개의 메시지가 있습니다.'

별일 아니라는 듯 기계음이 들렸다. 이 정도 일로 내 인생이 잘 못되지는 않으리라는 것처럼 느껴졌다.

'린다, 아빠와 얘기하고 싶지 않은 거 이해한다. 화낼 만해. 하지만 해 줄 얘기가 있어. 전화를 받고 싶지 않다면 이메일을 보내도 될까? 괜찮으면 네 이메일 주소를 문자로 보내 주렴. 보고 싶구나.'

그 순간 눈물이 뺨을 타고 흘러내렸다.

들었어.

그리고?

그냥 흔한 얘기야. 하고 싶은 이야기가 있대.
전화가 싫으면 이메일이라도 보내겠대.

너도 그러고 싶어?

잘 모르겠어. 그렇지만 내가 모르는 게 중요한가?
엄마한테 몹쓸 짓 하고 싶지 않아.
아빠가 소꿉장난이나 하는 동안 엄마는 우리를
돌봤단 말이야. 아빠의 소꿉장난 속 부인은
엄마보다 어리고, 딸은 나보다도 어려.
아빠랑 연락해서 엄마를 배신하고 싶진 않아.
엄마에게 상처일 거야.

무슨 말인지 잘 알아. 그런데 너는 이제 거의
성인이잖아. 엄마 때문에 네가 원하는 걸
멈출 필요는 없지.

난 그럴 수 있어. 엄마는 나 때문에 하고 싶은
일을 다 포기했단 말이야.
지금까지도 아빠 없이 잘 살아왔어.
그러니 아빠가 굳이 우리 삶에 끼어들 이유는 없어.

린다, 그걸 꼭 지금 결정할 필요는 없어.

알아. 어쨌든 들어 줘서 고마워.
너 없이 이 상황을 어떻게 버텼을지 모르겠어.

넌 나 없이도 옳은 결정을 내릴 수 있었을 거야.
하지만 너를 위해 내가 여기 있어 줄 수
있어서 기뻐.

난 이만 가 볼게.

응, 내일 또 얘기해.

* * *

토요일 저녁 8시, 스트레스로 온몸이 뻣뻣해진 줄리를 만났다. 결전의 밤이다. 줄리의 남자를 만나기 위해 클럽에 같이 가기로 했다.

"나 어때?"

"넌 늘 예뻐. 심지어 오늘은 유독 더 예뻐 보여."

줄리를 안심시키는 말이었지만, 굳이 거짓말을 한 건 아니다. 화장을 싫어하는 줄리가 오늘은 마스카라와 립스틱도 발랐다. 평소에 입던 티셔츠와 청바지 대신 사촌 결혼식 때 입으려고 샀던 드레스까지 입었다. 클럽에 가기엔 좀 과한 옷차림이긴 했지만, 그래도 줄리에게 잘 어울렸다.

"준비됐지?"

내 말에 줄리는 긴장한 듯 킥킥대며 대답했다.

"아직."

클럽에 가는 동안 줄리는 아무 말도 하지 않았다. 브람에 대해 묻지도 않았다. 나도 더 이야기할 필요가 없었다. 아빠에 대해 이야기하지도 않았다. 오늘은 줄리를 위한 날이다.

얼마 지나지 않아 엠마와 앤이 클럽에 들어왔다. 둘이 얼마나 즐겁게 이야기하는지 우리가 오늘따라 유난히 조용했는데도 눈치채지 못했다. 그러는 동안 파티가 시작됐다. 벌써 엄청 많은 사람들이 무대에 서 있었고, 시끄러운 음악 소리가 들려왔지만 도저히 춤출 기분이 아니었다. 나는 출입구를 바라보며 손톱을 잘근잘근 씹고 있는 줄리와 클럽 가장자리로 가 섰다. 자정이 다 됐는데도 줄리의 남자는 나타나지 않았다.

"완전 루저가 된 기분이야."

줄리가 말했다.

"넌 루저가 아니야. 걔가 루저지. 그게 아니면 여기 왔어야지. 걘 자기가 뭘 놓쳤는지도 모를걸. 아니면 토요일이니까 다른 클럽 공연에 갔거나, 친구 생일 파티에 갔을 수도 있고."

"지난주에도 그렇게 말했잖아. 그런 남자는 그냥 잊을래."

"그래, 굳이 걔를 기다릴 필요는 없어. 그러다가 운명의 남자를 놓칠 수도 있잖아. 그러니까 평소대로 지내다가 언젠가 그 애를 다시 만나면 '여태 크나큰 오해가 있었고, 앞으로 행복하게 잘 살았습니다.'가 될 수도 있잖아."

줄리는 어깨를 으쓱했다.

"이제 집에 갈래?"

내가 묻자 줄리가 고개를 저었다.

"아직 12시잖아. 조금 더 기다려 볼래."

사람들이 춤추고, 서로의 귀에 소리치는 동안 우리는 가만히 서 있었다. 줄리는 이미 꿈에서 깨어난 뒤라 그다지 즐거워 보이지 않았다. 베프가 우울해하는데 굳이 나도 춤추며 놀 생각은 없었다.

"있잖아, 줄리. 내가 어제 무슨 일이 있었는지 얘기해도 넌 믿지 못할 거야."

내가 아빠 이야기를 하며 주의를 돌려 보려 했다.

"아, 맞다! 어제 전화 못 받아서 미안해. 부모님이 같이 시간을 보내자고 하는 바람에."

줄리가 눈동자를 굴리며 말했다.

"패스트푸드 사 가지고 영화관에 다녀왔어. 영화 보는 동안은 휴대폰도 꺼 놨었거든. 끝나서 밖에 나오니까 11시가 넘어 버린 거 있지. 너무 늦은 거 같아서 다시 전화 안 했는데."

"걱정 마. 브람이랑 얘기해서 괜찮았어. 내가 필요할 때 걔가 있어 줬거든. 제일 첫 번째로 찾은 사람도 아닌데 말이야. 그거 알아,

줄리? 아무래도 난 운명의 상대를 찾은 거 같아."

"아오, 우린 절대 기준을 낮추면 안 돼. 우리는 그럴 만한 가치가 있다고! 나도 곧 찾을 거야, 확실히 알 수 있어. 이건 운명이야. 엄청 로맨틱하지 않아? 너와 내가 같은 날 밤에 운명의 남자를 찾은 거 말이야. 그 앤 나중에라도 꼭 올 거야. 오늘이 아니면 다음 주에라도 만날 수 있을 거야."

하지만 한 시간이 지나자 줄리는 마음이 약간 불확실해진 듯했다. 나는 다시 한번 집에 가고 싶은지 물었다. 줄리는 슬프게 고개를 끄덕였고, 나는 줄리를 밖으로 데리고 나갔다. 엠마와 앤은 얼마나 재미있게 노는지 우리를 완전히 잊어버려서 굳이 집에 간다고 인사하지 않았다.

"내일 너희 집으로 갈게. 알았지?"

나는 줄리의 이마에 뽀뽀를 하며 말했다.

"잠들 수 있게 노력해 봐. 그리고 필요하면 나한테 전화하고."

세상에, 대체 언제부터 내가 엄마처럼 말하게 된 거지?

07

아빠한테 무슨 얘기 들었어?
아니면 다른 이야기라도?

    2주가 지났다. 지난 2주 동안 브람과 채팅하며 매일매일 서로에 대해 알아 갔고, 나는 점점 더 사랑에 빠졌다. 당연히 매일매일 몇 시간씩 이야기를 한 건 아니지만. 적어도 이틀에 한 번은 채팅을 했고, 브람은 변함없이 사랑스럽고 로맨틱했다. 브람이 계속해서 만나자고 재촉하지 않아 더 좋았다. 지금 이 상태도 완벽했기 때문이다. 이번엔 똑똑하게 행동해서 신중하게 접근할 테다. 그러면 브람이 진짜 좋은 남자앤지 알 수 있겠지.

둘 다 아니야.

그럼 아직 생각이 바뀌지 않은 거야?

응, 그리고 그럴 생각도 없고.
넌 어떻게 지내?

　너무 내 얘기만 하는 기분이 들어 굳이 브람에게 안부를 물었다. 물론 대화의 주제를 돌리고 싶기도 했다. 난 아빠랑 더 이상 연락하지 않기로 다짐했고, 아빠에게 전화가 왔단 사실조차 잊고 싶었다. 그리고 이미 온 여섯 통의 부재중 전화도 무시했다.

특별한 일은 없었어. 친구들이랑 놀던 대로
놀았지 뭐. 너는?

나도. 줄리는 운명의 남자를 찾는 데 실패해서
기분이 좀 별로였어. 그 남자 찾으려고 클럽에
간 게 벌써 3주째야. 그런데 매번 찾지 못하고
집에 돌아왔거든. 아무래도 내 맘도 별로
좋진 않아. 줄리는 오늘밤에도 거기 갈 거라는데
난 이번엔 빠지려고. 혹시 누가 알아?
내가 안 가서 운이 좋아질지!
어쨌든 뭐 클럽은 나쁘지 않았어! ^_^

오오, 혹시 이번에도 바에 머리 박고 잠든 건
아니지? ^_~

그래, 맘대로 웃어. 다음번에 너한테도 그런 일 생기면 내가 전부 사진 찍어서 남겨 버릴 테니까.

아, 사진 이야기가 나왔으니 하는 말인데. 네가 지난번에 준 사진을 머릿속에서 지워 버릴 수가 없어. 한 번이라도 더 볼 수 있으면 좋겠다. 사진 속 주인공을 실제로 만날 수 있다면 얼마나 좋을까? 우리 언제 만날 수 있는 거야?

브람, 우리 그 얘기는 끝냈잖아. 지금도 나쁘지 않고.

너를 몇 달 동안이나 만나 온 것 같단 말이야. 몇 달이 뭐야, 몇 년 같아. 너는 안 그래?

나도 그렇긴 하지. 넌 내 모든 걸 알고 있는걸. 하지만 인터넷과 현실 세계는 달라.

알겠어. 그래도 내가 너 보고 싶어 하는 거 알지?

의자에서 떨어질 뻔했다. 저게 무슨 뜻이야? 내가 보고 싶다고? 그러니까 날 좋아한다는 뜻으로 받아들여도 되는 거야?

아니, 잘 모르겠는데.

> 그럼 이제 알면 되겠네. 너를 사랑해.
> 껴안고 키스도 하고 싶어. 그러니까 우리 만나면
> 안 될까? 제발, 응?

갑자기 망설여졌다. 그런데 못 만날 건 또 뭐야. 내가 브람을 재고 있는지도 모른다. 잘 알지 못하는 남자애들과 데이트한 경험이 없는 것도 아니고. 물론 다행히 별일은 없었지만……

그렇게 생각하던 차, 사진 한 장이 날아왔다. 브람이 무릎을 꿇고 앉아 양손을 모아서는 고개를 살짝 꺾은 채 입술을 쭉 내민 사진이다.

웃음이 터져 나왔다. 도저히 이길 수가 없잖아!

> 그러면 브람, 수요일에 그 클럽으로 와.
> 내 친구들도 만나게 해 줄게.

> 그것도 좋지만 단 둘이 먼저 만나면 안 될까?
> 클럽은 다음에 가고 목요일에 학교 끝나고,
> 뭐라도 같이 한잔 마시는 게 어때?

> 그렇게 하자.

> ♥

쪽.

수요일 오후에 다시 연락할게.
잊지 말고 컴퓨터 켜야 해.

알겠어.

기다리기 너무 힘들다.

나도 마찬가지야.

근데 이번까지 나는 사진 두 장이나 보냈잖아.
너도 한 장 더 보내 줄 수 있어?

왜? 어차피 며칠 있으면 만날 수 있는데!

목요일은 너무 한참 남았다고…….
들어 봐, 남자들이 상상해야 하는 순간이 있거든.
그러니까 그 마지막 순간에 너를 생각하며
가고 싶다고. 내 말 무슨 뜻인지 알지?

뭐야, 지금 내 생각을 하면서 자위를 하겠다는 거야? 그러니까
아니 남자들이 그러는 건 알고 있지만, 이렇게 대놓고 말하는 건
좀……. 사이버 섹스를 하고 싶은 마음은 없다. 대체 어떻게 반응
해야 하는 거지? 나는 아직 진짜 섹스를 해 본 적도 없는데. 섹스에
대해 아는 건 야동 사이트에 올라와 있는 짧은 클립 영상을 본 게

전부다. 그 사이트 접속 기록이 페이스북에라도 남아서 내가 야동을 본 게 들통날까 얼마나 걱정했는지 모른다. 물론《그레이의 50가지 그림자》도 읽긴 했다. 하지만 여성 잡지에서 봤는데, 책에 묘사된 섹스와 실제 섹스는 다른 점이 많다고 했다.

> 어이쿠, 린다. 너 또 대답 안 하네. 설마 숨이
> 턱 막힌 건 아니지? 그냥 솔직하고 싶었을 뿐이야.
> 모든 일에 대해서.

> 그럼 나도 터놓고 말해도 돼?
> 나는 사이버 섹스 같은 건 싫어.

> 자기야, 내가 말한 건 사이버 섹스가 아니야.
> 난 네 뜻을 존중한다고 몇 번이나 말했잖아.

> 그럼 네가 말한 건 뭔데?

> 그냥, 지난번에 보내 준 사진이 점점 기억이
> 안 난다는 거지.

> 그러니까 다른 사진을 보내 달란 거야?

> 뭐 그렇다고 할 수 있지. 이쯤 됐으면 내가 믿을
> 만한 사람이란 걸 잘 알 거야. 그러니까 이번엔
> 브라까지 벗은 네 사진을 보면 정말 좋아서
> 미쳐 버릴 수도 있다는 거야.

뭐? 지금 가슴 나온 사진을 보내 달란 말이야?

그렇게 말하면 너무 야하잖아. 내가 무슨 변태도
아니고. 그런데 계속 이렇게 온라인으로만
사귀니까 그런 거라도 있어야 내가……. 흠흠.

그건 좀 심하잖아. 남자 친구한테 누드 사진을
보냈더니, 그게 퍼져서 인터넷에 돌아다닌다는
소문 엄청 많이 들었어. 난 그런 짓은 안 할래.

자기야, 나는 그런 남자들과는 달라.
나를 모르는 거야?

다른 남자들도 똑같이 말했을 거야. 헤어지기
직전까진 다들 그런 마음이었을 거라니까.

그럼 너도 나랑 헤어질 거야? =_=

절대 아니지. 하지만 우리 아빠도 엄마랑
결혼했을 때는 헤어질 계획 같은 건 생각지도
않았을 거야. 너도 부모님이 이혼하셨으니까,
그 과정에 대해서 잘 알잖아.

무슨 말인지 이해했어. 그렇지만 나는 영원한
사랑을 믿어. 특히 너와는 영원히 사랑할 수
있을 것 같아……. 우리는 부모님과는 달라, 린다.

나도 알지만, 그래도.

그럼 얼굴은 빼고 상체만 찍어 보내는 건 어때?
그러면 네가 누군지 못 알아볼 거야.
너인지는 나만 알겠지.

나는 아무 대답도 하지 않았다. 대체 어떻게 해야 하는 거지? 물론 브람 말대로 정말 아무도 나를 알아보지는 못하겠지. 그렇지만 우리가 만나서 실제로 얼굴을 볼 때까지 기다려 줄 순 없는 거야?

너 나를 믿지 않는 거구나. =_=

나 이제 나가 봐야겠어. 일단 생각 좀 해 볼게.
내일 계속 얘기하자.

알겠어.

내일 봐. 쪽.

브람도 '쪽'이라고 말해 주길 바랐지만, 아무 대답도 하지 않았다.

08

밤새도록 잠을 설쳤다. 하지만 영락없이 아침 7시엔 눈을 떠야 했다. 토요일에나 늦게까지 푹 잘 수 있겠지. 침대 옆 작은 테이블 위에 놓인 노트북을 열었지만, 브람에게서는 아무 연락이 없다. 하긴 시간이 좀 이르긴 하지. 브람은 아직도 자고 있을지 모른다.

샤워를 한 후 옷을 입고 부엌으로 내려갔다.

"일찍 일어났네. 엄마는 빵집 좀 다녀와도 될까? 시그리드랑 아침 먹기로 했거든."

시그리드 아줌마는 엄마 친구다. 둘이 만나서 하는 일은 식사뿐이다.

나는 어깨를 으쓱했다.

"린다, 무슨 일 있니?"

"아무 일도 없어요."

더 이상 할 말이 없었다. 한 번도 만난 적 없는 남자 친구가 내가 사진을 보내 주지 않아서 화났다는 걸 설명할 길이 없다. 분명 엄마는 설교를 시작할 테지! 그러니 아무 일 없는 척하고 엄마를 보내 버려야 한다.

댄스 수업에 가서도 브람을 생각했다. 집에 돌아와 샌드위치를 먹으며 또 브람을 생각했다. 오후엔 할머니 댁에 갔는데, 역시 브람을 생각했다. 저녁엔 엄마가 우리를 데리고 맥도날드에 갔고, 난 거기서도 브람을 생각했다.

그리고 클럽에 가기 전, 마지막으로 페이스북을 확인했다. 하지만 브람에게서는 아무 연락이 없다.

> 브람, 잘 지내? 오늘은 어땠어?

역시 대답이 없다. 브람이 페이스북에 접속 중이었는데도 말이다. 그냥 페이스북 페이지를 열어 놓은 거라고 생각할 수도 있지만……

* * *

일요일 아침 11시, 줄리네 집에 갔다. 줄리는 부엌에 앉아 차를 마시며 잡지를 보고 있었다. 줄리 부모님도 커피를 마시며 책을 읽고 있었다. 가족끼리 서로 어떤 대화도 나누지 않았지만, 가깝고 편안해 보였다. 우리 가족은 아침을 같이 먹는 날이 드문 정도가 아니라 거의 없다. 토요일이나 일요일에 내가 눈을 뜨면 동생은 이미 축구하러 나가고 없다. 엄마는 주말에도 일하는 경우가 잦고, 그렇지 않으면 친구를 만나러 나간다.

"린다, 왔니? 차 한잔 마실래?"

줄리 아빠가 물었다.

나도 차를 마시고 싶었지만 줄리가 내 말을 가로채며 대신 대답했다.

"고마워요, 아빠. 근데 우리는 따로 할 얘기가 많아요."

줄리는 내 손을 잡고 자기 방으로 끌고 갔다. 나는 죄송한 얼굴로 줄리 부모님을 쳐다봤지만, 그분들은 신경도 쓰지 않은 채 다시 책을 읽고 있었다.

"기분이 어때?"

"그냥 똑같지 뭐. 이제 걔가 클럽에 올 거라는 기대는 없어. 네 말대로 샤워하다가 번호가 지워졌을 거라고 믿고 싶어. 그런데 솔직히 말하자. 남자애한테 전화가 오지 않으면 그건 그냥 전화하기 싫다는 뜻이잖아. 어쩔 수 없지만 실망스럽긴 해. 정말 오랜만에 사랑에 빠졌다고 생각했는데, 알고 보니 그냥 썸만 탄 거지."

줄리는 침대에 놓인 강아지 인형을 들어 올린 채 그대로 쳐다보고 있었다.

"너는? 브람이랑은 잘되어 가?"

나는 고개를 내젓고는 부끄러운 이야기를 그대로 펼쳐 놓았다.

"누드 사진?"

내 말이 끝나자마자 줄리는 믿을 수 없다는 표정을 지었다.

"자기만 가지고 있겠다고 했단 말이야! 진짜 나 때문에 마음이 상한 거 같았어."

"네가 개한테 상처를 줬다고? 그건 또 무슨 말이야?"

"개한테 사진은 신뢰의 상징이야. 내가 자기를 믿는다면 사진을 보내 줄 거라고 믿고 있어."

"말도 안 되는 소리 하고 있네. 이보세요, 린다, 개는 그냥 네 가슴이 보고 싶은 변태라고!"

내 두 눈에 눈물이 고이기 시작했다. 줄리가 이렇게 반응할 줄은 몰랐다. 줄리를 믿고 이야기를 털어놓은 게 후회됐다.

"그런 거 아니야. 브람이랑 거의 몇 주 동안이나 하루에도 몇 시간씩 채팅했단 말이야. 점점 더 많이 알아 가고 있다고. 만나지 않는다고 아무 일도 없는 게 아니라, 서로 떨어져 있어도 마음은 통한다고."

"그건 네 말이 맞네. 미안."

줄리가 강아지 인형을 내려놓고, 나를 끌어다 옆에 앉혔다.

"결정했어."

갑자기 결심이 섰다.

"그게 항상 좋은 말은 아닌데. 어쩔 생각이야?"

"브람한테 사진 보낼 거야."

"누드 사진을?"

줄리가 소리쳤다.

"쉿! 이러다 너희 부모님까지 아시겠다. 목소리 좀 낮춰."

"린다……."

"생각해 봐, 줄리. 설마 무슨 일이야 있겠어? 얼굴은 안 나오게 찍을 거니까 아무도 나인지 모를 거야. 가슴만 나오게 찍을 거라고."

"그건 진짜 아닌 거 같아. 그러다가 걔가 또 사라져 버리면 어떡해? 그럼 네 기분이 어떻겠어?"

"슬프겠지. 아마 슬플 거야. 하지만 그럴 일은 없어. 적어도 내가 할 수 있는 건 다 해 본 거니까. 그런데…… 문제가 하나 있어. 나 스마트폰 없잖아. 노트북을 한 손에 들고 사진을 예쁘게 찍기 어렵단 거지."

줄리는 이만큼만 듣고도 내 말뜻을 알아챘다.

"그건 안 돼. 네가 사진 찍는 건 굳이 말리진 않겠지만, 심지어 도와 달라고?"

"그냥 네 휴대폰으로 셀카만 찍어서 나한테 보낼게. 그러고 나서 지우면 되잖아. 스마트폰에서 사진 지우면 그냥 지워지는 거 맞지?"

"그럴걸, 아마도."

"그러니까 문제없잖아. 지금 해 보자. 잠깐, 방문도 잠가. 네 침대에 반쯤 벗고 누운 모습을 아무한테도 보여 주고 싶지 않단 말이야."

"퍽이나. 그러면서 모르는 사람한테 누드 사진을 보내겠다고?"

줄리가 비꼬는 듯한 목소리로 말했다.

"브람은 모르는 사람이 아니야."

"그치, 아니지."

줄리가 순순히 방문을 잠갔다.

티셔츠를 올리고 브라를 벗었다. 내가 벗은 모습을 많이 본 줄리 앞에서는 별로 부끄럽지 않았다.

"이제 어떡하지? 가슴을 좀 받쳐야 하나?"

"계속 이럴 거야? 나는 아무 팁도 안 줄 거야!"

"오, 팁이 있긴 있어? 너도 벗고 셀카 찍은 적 있어?"

내가 웃으며 말했다.

"그럴 리가."

"하, 그러면 어쩔 수 없지. 여하튼 한 손으로는 사진을 찍어야 하니까, 음…… 뭐 네가 굳이 찍어 준다면……."

"절대로 안 해, 린다. 나는 절대로 네 누드 사진을 찍어 주지 않을 거야. 맙소사!"

"알겠어, 알겠어."

휴대폰을 들어 화면에 나를 담았다. 예쁘다. 하지만 가슴을 내놓고 사진을 찍으려니 이상하다. 조금 망설여졌지만 마음이 바뀌기 전에 급히 버튼을 눌렀다.

"자, 어때?"

"돈 좀 벌겠는데."

칭찬인지 비꼬는 말인지 알아듣기가 어려웠다.

"페이스북 메신저로 사진 좀 보내 줘. 이메일로 받는 것보다 그게 나을 거 같아. 학교에서 이메일 열었다가 애들이 전부 보기라도 해 봐."

줄리는 한숨을 내쉬었지만 그래도 내가 부탁한 대로 해 주었다.

"자, 다 갔고 사진도 지웠어."

"고마워. 넌 정말 내 베프야."

"내가 진짜 좋은 친구인지는 잘 모르겠네. 말리지 못한 게 잘한 일인가 싶어."

"여기서 보내도 되지?"

"뭐? 여기서? 내 컴퓨터로?"

"응, 안 돼? 네 컴퓨터로 페이스북 접속할 수 있잖아."

"진짜 지금 보낼 거야? 보내기 전에 잘 생각해 봐. 내일도 있
잖아."

"나 이번에 진짜 엄청 오래 생각해서 결심한 거야. 시몬은 잊어
야만 하잖아. 브람을 놓치기 싫어."

"그래, 네 맘대로 해."

줄리는 기분이 나빠 보였다.

"지난달까지는 시몬이 네 운명의 상대였는데, 지금은 다른 남자
가 운명의 상대라 가슴 나온 사진까지 찍어서 보낸다고?"

"너도 시몬은 포기하라고 했잖아. 그러면서 나한테 화내는 거야?"

"그래, 화났다!"

줄리가 소리쳤다.

"진짜 무슨 생각인지 모르겠어. 이런 사진 찍는다고 도와 달라
고 한 걸로 이미 충분한 거 아니야? 그런데 심지어 내 컴퓨터로 걔
한테 사진을 보내겠다고? 연락도 없는 녀석한테 이런 사진 보낼
만큼 멍청하고 순진한 거야? 그래, 네 맘대로 해. 대신에 너희 집에
가서 하라고. 나는 더 이상 참견하고 싶지 않아."

줄리의 말에 뺨을 한 대 맞은 것만 같았다.

"너 지금 네 '남자 친구'는 전화도 안 오는데, 브람이 나를 좋아한다고 해서 질투하는 거야?"

남자 친구를 유독 강조한 내 말에 줄리는 입을 벌리고 나를 멍하니 쳐다보았다. 줄리의 눈에 고인 눈물이 보였다.

내가 지금 무슨 말을 한 거지?

잠시 후회했지만 급히 몸을 돌려 밖으로 나왔다.

09

집에 왔지만 엄마는 아직 돌아오지 않았다. 신발을 걷어차고 들어와 텔레비전을 보며 점심을 먹는 동생을 무시한 채 내 방으로 향하는 계단을 올라갔다.

방에 들어가자마자 페이스북을 열었다. 줄리가 메신저로 보낸 사진을 다운받아 브람에게 보냈다. 그러고는 컴퓨터 앞에 앉아 기다렸다.

줄리 얼굴이 떠올랐다. 내가 한 말에 줄리가 상처를 입었다. 하지만 인정할 건 인정해야지. 내가 줄리보다 예쁜 건 사실이다. 달리 말하면 나는 예쁘지만 줄리는 그냥 보통이다. 우리가 같이 놀러 나가면 남자애들은 대개 내게 먼저 다가온 다음 줄리에게 간다. 물론 줄리도 이런 상황을 눈치챘을 테고, 상처받았을 것이다. 하지만 단 한 번도 나를 탓한 적 없다. 단 한 번도. 그런 친구에게 이 조심성 없는 입으로 엄청난 말을 뱉어 버렸다.

하지만 이번엔 줄리가 먼저 상처를 줬고, 그래서 그런 거니까 내가 그렇게까지 나쁜 건 아니다. 이런 생각을 하며 컴퓨터를 계속 쳐다봤지만, 브람에게서는 아무 반응이 없다.

> 거기 있어? 내 사진 봤어?

역시 대답이 없다. 책을 읽으려 했지만 집중할 수가 없었다. 〈그레이 아나토미〉 DVD를 틀었지만 이들의 로맨스와 사랑싸움에도 별로 관심이 가지 않았다. 오히려 내 상황과 비교돼서 너무나 괴로웠다.

한 편이 끝난 후, 다시 페이스북을 켰다.

역시 아무 답장이 없다.

내가 보낸 사진에 '13시 01분에 읽음'이라는 꼬리말이 달려 있었다.

> 브람, 내 사진 본 거 다 알아.
> 어떻게 생각해? 잘 있는 거지?

> 브람, 너 왜 대답 안 해? 무슨 일 있는 거야?

네가 나를 무시하는 거 같아.
우리 목요일에는 만나는 거지?

브람에게 메일을 보내거나 전화를 하고 싶었지만, 이메일 주소도 전화번호도 몰랐다. 그러자 갑자기 내가 브람에 대해 아는 게 하나도 없다는 생각이 들었다.

저녁 6시가 막 지난 후에야 내가 얼마나 바보 같은 짓을 했는지 깨닫기 시작했다. 제대로 알지도 못하는 남자애한테 누드 사진을 보내 맘대로 써먹을 기회를 줬다. 그리고 그런 이상한 남자애와 잘해 보려고 내 베프를 상처 입힌 거다.

* * *

다음 날, 줄리가 평소처럼 나와 학교에 가고 싶어 하는지 확인하려고 자전거를 타고 부리나케 줄리네 집으로 달렸다. 걱정했던 대로 줄리는 없었다. 원래 줄리는 집 안에서 기다리기도 하니까. 하지만 대체 어떻게 해야 할지 모르겠다.

줄리가 나를 거부하는 거라면 나도 멍청하게 여기 서 있고 싶지 않다. 그렇다고 내가 먼저 학교에 가 버려서 우리 우정이 끝난 거라고 생각하게 하고 싶진 않았다.

그때 줄리 엄마가 밖에 나와 소리쳤다.

"줄리는 벌써 출발했어!"

아줌마가 내게 미안해하는 것 같았다. 나는 고개를 끄덕이고는 학교로 달렸다. 아무에게도 우는 모습을 보여 주고 싶지 않다. 그리고 요 며칠 눈물을 낭비할 만큼 했으니, 이번에는 꼭 참아야 한다.

학교에 도착해 줄리 자전거를 찾았다. 우리가 항상 자전거를 세우던 곳이 아니라 완전 반대편에 둔 것을 보자 갑자기 어깨가 들썩거릴 정도로 눈물이 났다.

"무슨 일이야?"

누군가 따뜻한 목소리로 물었다.

고개를 들어 누군지 쳐다보기가 부끄러웠지만, 이번만큼은 보지 않아도 누군지 알아챌 수 있었다.

시몬이다.

10

나는 손수건을 찾으려 가방을 뒤적거렸다. 하지만 손에 잡힌 건 쇼핑하러 갔을 때 초콜릿 아이스크림을 먹으며 썼던 구겨진 휴지 조각뿐이었다. 줄리와 함께 먹었는데…… 계속해서 콧물이 나왔다. 아무래도 초콜릿 묻은 휴지로 얼굴을 닦는 게 입술까지 콧물이 흐른 얼굴로 시몬을 보는 것보다는 낫겠지.

"별일 아니야."

나는 가능한 한 가장 쿨한 목소리로 대답했다.

"아, 줄리랑 싸웠어. 괜찮아."

최대한 가볍게 말하려고 했다. 그리고 빠르게 덧붙였다.

"물어봐 줘서 고마워."

비록 겉모습은 좀 초라해 보여도 쿨하게 대답했으니 다행이다.

"지각하기 전에 일단 교실로 들어가는 게 좋겠어."

시몬이 말했다.

학교에서 제일 잘나가는 남자애와 함께 운동장을 걷고 있다니, 갑자기 자신감이 생겼다. 항상 이런 장면을 상상해 왔다. 하지만 상상하던 일이 벌어졌는데도, 내 머릿속은 브람과 줄리의 일로 꽉 차 있었다.

"이제 괜찮아?"

세상에, 왜 이렇게 친절해!

시몬이 나를 쳐다보았다. 그리고 이어서 말했다.

"자, 여기 손수건. 얼굴에 뭐 묻었어. 초콜릿 같은데. 초콜릿이길 바라."

시몬은 웃어 주기까지 했다.

"깨끗한 거니까 걱정 말고 써도 돼."

나는 시몬의 손수건으로 얼굴을 닦았다.

"어때, 이제 괜찮아?"

그러자 시몬이 손수건을 쥔 내 손을 들어 올려서 빠르게 내 입꼬리를 닦아 주었다.

"응, 정말 괜찮아."

시몬은 이렇게 말하고는 손수건을 다시 집어넣었다.

"그럼 다음에 보자."

시몬이 친구들을 향해 가는 모습을 가만히 지켜보았다. 나도 모르게 웃음이 나와서 너무 창피했다.

주변을 두리번거리는데 화난 얼굴의 줄리가 서 있었다. 엠마가 줄리와 얘기하고 있었지만 그 앤 아무것도 눈치채지 못한 것 같다. 난 그제야 줄리가 뭘 봤는지 알았다. 나와 시몬이 다정하게 이야기 나누는 모습을 본 것이다. 어제 내가 시몬은 잊었으며, 브람이 진정한 내 사랑이라고 말했던 게 생각났다. 줄리가 나를 어떻게 생각할까?

"으악!"

크게 소리쳤지만 다행히 수업 시작종에 목소리가 묻혔다.

그날 줄리와 엠마가 같이 다니는 동안 나는 조용했다. 어느새 오후 3시 반이라 집에 갈 수 있어서 정말 다행이라고 생각했다. 집에 도착하면 바로 페이스북을 열어야지.

브람에게는 여전히 답장이 없다. 당연하지. 맙소사! 난 대체 얼마나 바보였던 거야? 그때 친구 신청에 뜬 빨간 숫자 '1'을 보았다. 클릭했다. 시몬? 시몬이다!

반년 전, 무대 위 시몬을 처음 봤을 때 죽도록 친구 신청을 하고 싶었다. 하지만 시몬은 내게 관심이 없어 보였고, 그래서 포기한 기억이 난다. 혹시나 친구 신청을 거절당하면 그건 꼭 차가운 물로 샤워한 기분일 테니 말이다. 그게 무슨 말이냐고? 북극에서 얼음이 가득한 욕조에 들어가 목욕한다고 생각해 보자. 바로 그 얘기다. 이제야 시몬을 포기했는데 이런 일이 벌어지다니. 너무 뻔한 전개 같지 않아?

시몬의 친구 신청을 수락하고 스크롤을 내려 타임라인에 뜬 새 소식을 훑어보았다. 그러다가 오래지 않아 시몬의 프로필 페이지를 클릭했다. 시몬의 담벼락에는 공연 사진과 영상이 올라와 있었다. 흠, 역시 멋져.

갑자기 채팅창이 튀어 올라왔다. 시몬이다. 깜짝 놀라 뒤로 넘어질 뻔했다. 그제야 내가 시몬 사진을 보고 있어도 시몬은 그걸 알 수 없다는 사실을 깨달았다. 나는 두근대는 심장을 부여잡고는 의자에 고쳐 앉아 시몬의 메시지를 읽었다.

> 좀 괜찮아?

> 응, 괜찮아. 고마워.

> 화해는 했고?

> 아직. 시간이 좀 필요할 것 같아.

> 얘기할 사람이나 손수건이 필요하면 나한테 오면 되는 거 알지. ^^

> ^_^

> 만약 우울함을 떨쳐 버리고 싶다면,
> 토요일에 클럽 공연에 놀러 와.

> 그래. 갈 수 있으면 그렇게 할게.

가볍게 생각하자. 가볍게 말하는 거야. 시몬에게 괜한 관심 주지 말자.

> 좋아.

> 그럼 그때 봐.

채팅창을 닫고 빠르게 로그아웃했다. 대체 어떡해야 하는 거지? 왜 갑자기 나한테 관심을 보이는 거야? 아니면 그냥 누구에게나 친절한 건가? 안 돼, 이미 지워 버린 사람을 다시 내 맘에 들여놓을 순 없어.

머리를 부여잡았다. 이제 막 시몬을 잊었는데.

다 잊었다고 생각했다.

하지만 정말 잊었다면 왜 심장이 이렇게 빨리 뛰고 배가 간질간질 아파 오는 거지? 아 젠장, 이젠 좋든 싫든 조언을 구할 사람도 없잖아.

11

아름다운 꿈을 꾸다가 갑자기 방에 불이 켜져 잠에서 깨는 느낌이다. 그래, 난 또 상상의 나래를 펼치고 있었다. 꿈속에서 시몬이 내게 입을 맞추고, 나를 어루만지며 아름다운 목소리로 귓가에 사랑을 속삭였다. 현실로 돌아오고 싶지 않았지만, 공연은 이미 끝났고 밴드는 백스테이지로 사라졌다. 여기서 '백스테이지'는 클럽 주인이 맥주 상자를 쌓아 놓고, 청소 도구를 챙겨 놓은 뒷방을 내가 멋지게 꾸며낸 말이다.

오늘은 여느 때와 다름없는 토요일이다. 똑같은 절망뿐이다.

아직도 브람에게서는 답장이 오지 않았다. 아니, 더 이상 브람에게 연락이 올 거라는 기대는 하지 않는다.

줄리와는 아직도 냉전 중이다. 서로 눈길을 피하느라 정신이 없다. 그러느라 지난주 학교생활은 너무나 힘들었다. 루저들만 한다는 시선 피하기 게임. 줄리도 나만큼이나 힘들어할 게 분명하다.

다행히 나는 앤과 함께 다닐 수 있었다.

"너희 둘 사이에 무슨 일이 있었는지 모르겠고, 알고 싶지도 않아. 나는 누구 편도 들지 않을래. 알겠지?"

그래도 앤은 시몬의 공연에 같이 가자는 내 말에 바로 '그러자'고 대답했다. 적어도 토요일을 기다릴 이유가 생겼다. 앤과 시몬은 친구 사이여서 그 애 공연엔 전부 가는 편이었고, 내가 같이 갈 수 있냐고 물었을 때 앤이 거절할 확률이 낮다는 것쯤은 알고 있었다.

상황이 이전과는 다르니까 오늘이 기대되긴 했다. 이번엔 시몬이 나를 초대했잖아! 더 중요한 사실은 오늘에야말로 시몬에게 고백할 결심을 했다는 것이다. 내가 잃을 게 더 뭐가 있겠어? 자존심? 그건 이미 브람에게 누드 사진을 보낼 때 곁들여서 보내 버렸다.

만약 시몬이 내 고백을 거절한다 해도, 지난 몇 주 동안 쌓아 온 창피와 실망에 살짝 하나 더 얹는 것뿐이다. 그 정도야 큰일이 아니다. 그리고 혹시 시몬도 내가 좋다고 하면……. 아, 거기까지! 그만 생각해야지. 떨리는 마음에 또 배 속에서 나비가 날아다니기 시작했다.

"한잔 더 마실래?"

내가 앤에게 물었다.

"난 됐어. 시몬이랑 할 얘기가 좀 있거든. 혼자 사 올 수 있지?"

나도 시몬과 얘기하고 싶다. 하지만 아직은 이르다. 내게는 시간이 많이 남아 있다. 앤에게 고개를 끄덕였다. 클럽 다른 쪽에서는 내가 모르는 남자애들과 얘기를 나누는 줄리와 엠마가 보였다. 갑자기 너무나 외로웠다.

새로 사 온 음료를 너무 급하게 마신 탓에 벌써 바닥이 보였다. 공연 내내 노래를 따라 부르느라, 그리고 시몬에게 고백할 생각에 목이 타들어 갔다. 시몬을 마주하면 마음이 바뀌기 전에 바로 이야기를 꺼내기로 결심했다.

하지만 30분이 지나도록 앤과 시몬은 돌아오지 않았고, 난 더 이상 이야기 나눌 상대를 찾기가 어려워졌다. 클럽에는 내가 아는 학교 여자애들도 많았는데, 같이 얘기를 나눠도 제삼자가 된 기분이 들었다. 스스로가 싫어지기도 했다. 평소 같으면 말 한 마디 섞고 싶지 않던 애들과 얘길 나눴기 때문이다.

혼자보다 여럿이 같이 있을 때 더 외롭다니, 기분이 이상했다. 줄리와는 이런 적이 없었다. 언제나 대화 주제가 넘쳐났고, 조용할 새가 없었다. 가끔은 집에 돌아오는 길에 실컷 얘기를 나누고서도 집에 도착해서 또 얘기하고, 전화하고, 문자까지 했다. 계속해서 할 얘기가 남아서였다.

내 눈은 줄리를 쫓기 시작했다. 어? 줄리가 누군가와 입을 맞추고 있다. 뭐야 저건?

엠마는 약간 불편한 듯 서 있었다. 내 시선을 느낀 줄리는 키스를 멈추고 잠깐 내 쪽을 바라보았다. 내가 미소 짓자 줄리도 옅게 웃어 보였다. 그러자 줄리 앞의 남자가 줄리 얼굴을 부드럽게 자기 쪽으로 돌려 다시 키스하기 시작했다.

줄리 모습에 나까지 너무 행복해졌다. 정말이다.

하지만 갑자기 엄청 궁금해졌다. 저 남자는 대체 누구지?

시간은 어느새 11시 45분이 됐고, 앤이 시몬을 만나러 백스테이지로 간 지 45분이 지났다. 그렇지만 아직도 그 둘은 보이지 않았다. 나는 혼자 놀다가 그만 질려 버렸다. 그래, 오늘은 시몬과 이야기할 기회가 없었지만 이제 페이스북에서 시몬이 주말에 어디에서 노는지 찾을 수 있다. 보통은 이 클럽으로 오니까 아직 기회가 남아 있다.

나는 대화를 나누던 여자애한테 작별 인사를 건네고, 앤에게 내 인사를 대신 전해 주길 부탁했다.

클럽 밖으로 나갔다. 클럽 안의 열기, 긴장감으로 달아오른 얼굴에 차가운 바깥 공기가 닿자 기분이 좋아졌다.

자전거 자물쇠를 푸는데, 인기척이 느껴졌다. 나와 약간 떨어진 곳에서 커플이 키스하고 있었다.

혹시 줄리와 미스터리한 남자가 아닐까 생각했지만, 자전거 조명을 켜니 시몬과 앤이 보였다.

12

눈물이 흘렀지만 가능한 한 가장 빠르게 자전거 페달을 밟았다. 굳이 이럴 것까진 없잖아. 이 정도로 충분하잖아. 처음엔 내 베프를 잃었지만 꿈에 그리던 시몬과 친해질 수 있었다. 그랬더니 이번엔 시몬이 다른 여자한테 가 버렸다! 맙소사, 남자애들은 다 똑같아! 나쁜 자식들!

갑자기 빗방울이 떨어졌지만 계속해서 페달을 밟았다. 너무 급히 페달을 밟아 옆구리가 아파 왔지만 그보다 내 부서진 심장이 더 아팠다.

저 멀리 자전거를 타고 가는 사람이 보였다. 제발 남자는 아니길. 클럽에서 집에 가는 길은 인적이 드물어 예전에도 몇 번 추파를 던지는 남자들을 마주친 적이 있다. 오늘은 완전 망했다. 어디해 보라지. 마음을 단단히 먹었다. 누구든 걸리기만 해 봐. 잊지 못할 날을 만들어 주마.

앞 사람과 가까워지니 그제야 남자가 아니라 여자라는 걸 알 수 있었다. 몇 미터 더 가까워졌다. 그 여자는 줄리였다. 나는 페달 밟는 속도를 줄였지만 바퀴는 계속 돌아가서 어느새 줄리 옆에서 자전거를 타고 있었다. 줄리는 놀란 눈치였다.

"안녕."

내가 먼저 인사했다.

"안녕."

줄리도 인사했지만 시선은 계속 앞만 바라보고 있었다. 내 뺨에 흐르는 눈물은 보지 못했겠지. 다행이다. 줄리네 집은 여기서 몇 블록 더 떨어져 있다.

"아까 남자랑 같이 있는 거 봤어. 잘생겼더라. 누구야?"

"걔! 지난달에 그 남자야!"

줄리가 신난 목소리로 소리쳤다. 그러고는 이제야 우리가 냉전 중이라는 걸 기억해 냈는지 바로 입을 다물었다.

"말도 안 돼! 어떻게 다시 만난 거야?"

"걔가 나를 찾으러 왔어. 지난달엔 토요일 밤마다 알바하느라 못 왔던 거래. 오늘은 나를 찾으려고 특별 휴가를 냈대."

줄리에게 물어볼 게 수천 가지였지만, 어느새 줄리네 집 근처에 다다랐다.

"와, 대단하다. 축하해. 잘 자고."

"너도 잘 자."

줄리도 우물거리며 대답하고는 집 쪽 도로로 핸들을 꺾었다.

"줄리?"

내가 차고에 자전거를 넣으러 가는 줄리를 서둘러 불렀다.

"응?"

줄리는 하던 일을 멈추고 조심스럽게 나를 바라보았다.

"이번에는 이름 물어봤어?"

줄리가 살며시 웃었다.

"조나단이래."

우리 집까지는 몇 백 미터가 남았다. 웃음이 났다. 줄리가 내게 다시 말을 했다. 우리 사이가 완전히 어긋나지는 않았을지도 모른다.

* * *

월요일 아침이다. 하루를 어떻게 보내야 할지 모르겠다. 브람 (윽!)에게서는 아직도 아무 연락이 없고, 제발 앤과는 대화 나눌 일이 없길 바랐다. 하지만 내게 선택권은 없다.

그때 운동장에 약간 멍한 표정의 줄리가 보였다.

"안녕."

내가 조심스레 인사했다. 우리가 운동장에서 이야기할 때면 나는 가방을 다리 사이에 내려놓곤 한다. 하지만 오늘은 달랐다. 나는 손에 가방을 들고 있었다. 그래야 줄리가 나를 무시하고 가 버려도 창피하지 않게 바로 자리를 뜰 수 있을 테니까.

"안녕."

대답은 했지만 줄리는 내 쪽을 쳐다보지 않았다.

"엠마는 어디 있어?"

"오늘은 안 와. 아프대."

"아, 토요일에 너무 심하게 놀았나 보네."

줄리는 옅게 웃었다.

"조나단이랑은 잘돼 가?"

줄리가 고개를 끄덕였다.

"오늘 학교 끝나고 만나자고 연락 왔어."

"와, 끝내준다!"

내가 너무 오버했나? 정적이 흘렀다. 줄리는 더 이상 아무 말도 하지 않았다. 어쩔 수 없지.

"그러면, 음…… 혹시 대화 상대가 필요하면 나를 찾아."

그러고는 나는 그 자리를 떴다. 너무 서두르고 싶진 않았다.

앤이 보였다.

"안녕 린다, 오늘 우리랑 같이 앉을 거야? 나 할 얘기가 진짜 많아!"

앤은 기분이 좋은지 거의 춤을 추고 있었다.

한숨이 난다.

* * *

"사실 시몬을 오랫동안 짝사랑해 왔어. 그런데 걔는 나랑 친구로 남고 싶다고 했어. 시몬이 너도 자기를 좋아한다는 걸 알고 있었거든."

앤이 급하게 말했다.

"그런데 이번 주는 달랐어. 네겐 브람이 있으니까 더 이상 내 마음을 숨길 필요가 없었거든. 그래서 시몬이랑 재미있게 얘기하고 술도 한잔했지. 그러더니 걔가 갑자기 입을 맞추더라고……."

으윽! 더 이상 듣고 싶지 않다, 정말로 듣고 싶지 않다. 손가락으로 귀를 막아 버리든가, 자리를 뜨든가, 아니면 한 대 때려 주고 싶다. 하지만 나는 여기 앉아 미소를 지으며 마른 목으로 샌드위치를 씹어 넘겨야 했다.

"…… 그리고 오늘 걔네 리허설에 가기로 했어."

내가 듣다 말다 하는 사이 드디어 앤은 독백을 끝낸 듯했다.

"좋겠다."

내가 대답했다. 쉰 목소리가 나왔다.

"감기야?"

앤이 물었다.

"토요일에 너무 노래를 크게 불렀나 봐."

앤이 웃었다.

"내가 시몬이랑 만나도 괜찮은 거지? 그렇지?"

앤은 정말 내가 신경 쓰여서 묻는 걸까, 아니면 그저 경쟁이 끝난 걸 확인하고 싶어 하는 걸까?

"당연히 괜찮지."

내가 힘주어 말했다.

"지난번에 말한 것처럼 아주 예전에야 시몬을 좋아했지만 이젠 아니야. 완전 끝났어."

앤이 내 새빨간 거짓말을 믿기를 바랐다.

집에 도착하니 오후 4시였다. 가방을 방구석으로 던졌다. 페이스북을 여는 것조차 귀찮았다. 시몬은 이미 여자 친구가 생겼고, 브람은 연락이 없을 테니 말이다. 브람이 기억상실증에 걸려서 병원에 입원한 게 아닌 이상, 희망은 없다. 꿈을 꿔야 소녀라지만, 영원히 꿈만 꿀 수는 없다.

아빠가 떠난 이후로 가장 끔찍하다. 이렇게 소리치려고 할 무렵
핸드폰이 울렸다.

줄리에게서 온 전화였다.

13

그로부터 3분 뒤 나는 줄리네 문 앞에 서 있었다. 줄리는 흐느껴 울면서 집에 와 줄 수 있냐고 물었고, 나는 아무것도 묻지 않은 채 알겠다고 대답했다. 전화를 끊자마자 바로 집 밖으로 튀어나가 자전거에 올라탔다. 이유는 간단하다. 울면서 도움을 요청하는 베프보다 더 중요한 건 없으니까. 오늘이 지나고 나면 여태까지 있었던 모든 일은 깨끗이 사라지겠지. 우리는 다시 베프로 오래오래 지낼 것이다.

줄리의 방문이 얼마나 빨리 열렸는지, 내가 오기만을 애타게 기다린 모양이다. 줄리는 나를 끌고 방으로 들어갔다.

"무슨 일이야?"

"조나단 말이야."

줄리가 계속해서 흐느꼈다.

"맙소사, 걔가 끝내자고 해?"

줄리는 침대에 놓인 두루마리 휴지를 가져다가 큰 소리로 코를 풀고는 코 푼 휴지를 쓰레기통에 던져 넣었다. 쓰레기통은 이미 꽉 차 있었다.

"아니, 조나단을 만나서 정말 좋아."

"다행이다. 그러면 좋아서 우는 거야?"

나로서는 도저히 이해할 수 없어 다시 물었다.

"아니. 그냥 너와 이 기쁨을 나누고 싶었어. 너와 함께할 수 없다면 그건 완벽한 기쁨이 아니야. 네 말이 맞았어. 조나단이 내가 팔에 적어 준 전화번호를 어쩌다가 지워 버렸고, 네 말대로 정말 나를 찾으러 왔어. 네게 우리가 얼마나 로맨틱한지, 서로에게 얼마나 푹 빠져 있는지 이야기해 주고 싶었어. 이게 다 네가 나를 달래 준 덕이야. 내 말 알아들어?"

줄리는 코를 다시 풀더니 휴지를 쓰레기통으로 던졌다. 휴지는 바닥에 떨어졌지만 줄리는 줍지 않았다. 그러다가 내 눈치를 보더니 어깨를 으쓱하고선 말했다.

"내일 버릴 거야. 내일 아침에 다 쓸어서 버릴게."

웃음이 났다.

"네 말뜻 잘 알아. 나도 똑같은 기분이야, 줄리……. 시간을 되돌릴 수 없다는 걸 알아. 내가 너무 못됐어. 진심으로 했던 말이 아니야. 하지만 한번 뱉은 말을 주워 담을 순 없겠지. 그냥 너무 화가 나서 네게 상처를 주려고 한 말이었어. 정말 못됐지. 내가 그렇게까지 별로인지 몰랐어. 내가 했던 말은 진심이 아니야."

"알아! 생각 없는 말들이란 거!"

줄리는 분개해서 대답했지만 금세 웃음 지었다.

"네가 그런 뜻으로 한 말이 아니란 거 알고 있어. 그렇지만 상처받은 것도 사실이야. 나도 사과할게. 네가 정말 문란하다고 생각해서 그런 이야기를 한 건 아냐. 네 선택이 잘못됐다는 말이었고, 그걸 그저 강하게 설명하고 싶었어. 정말 네가 걱정돼서 한 말이야."

"알아. 결국 네 말이 맞았는걸. 난 큰 실수를 저질렀어. 네 말을 좀 들을걸. 브람에게선 그 뒤로 연락이 오지 않아."

"사진은?"

"다행히 어디 올라온 것 같진 않아. 아직까지는."

"앞으로는 어떻게 될 것 같아?"

"잘 모르겠어. 그냥 걔가 정말 사진을 '혼자 쓰려' 했을 거라고 믿어. 친구들이랑 돌려 봤다 해도, 나는 평생 알 길이 없겠지. 모르는 게 약일 수도 있어. 사진에 얼굴이 나오지 않으니까 괜찮아. 실은 말은 이렇게 해도 맘이 편하진 않아."

줄리는 또 코를 풀었다.

"대체 이 콧물이 다 어디서 나오는 거람?"

줄리의 얘기를 듣고 있으니, 우리 사이가 다시 가까워진 느낌이다. 예전의 줄리로 돌아왔다. 나도 갑자기 눈물이 나와 줄리와 함께 울었지만, 마음은 편했다.

"밥 먹고 갈래?"

지난 밤 서로 미뤄 둔 이야기를 전부 한 뒤에 줄리가 물었다.

"그러지 뭐. 네가 정말 그리웠어. 네가 없는 삶을 어떻게 시작해야 할지 눈앞이 캄캄하더라. 정말이야."

줄리가 토하는 듯한 시늉을 했다.

"알아 나도. 꼭 미국 영화에 나오는 느끼한 주인공 대사 같았지? 하지만 진심이야."

"나도 네가 보고 싶었어. 네가 없어서 강아지 인형하고 얘기했단 말이야. 며칠 그러고 나니까 진짜 미쳐 버릴 것 같더라."

"으, 안 그래도 미쳤는데."

"하, 칭찬 고맙네!"

줄리가 내 머리 위로 강아지 인형을 던졌다.

"이보세요, 하나밖에 없는 친구한테 조심하셔야죠!"

줄리는 혀를 쏙 내밀었다.

"나 밥 먹기 전에 네 컴퓨터로 이메일 좀 확인해도 될까?"

"당연하지."

내 메일함에는 학교에서 온 메일, 뉴스레터, 그리고 스팸 메일이

가득 차 있었다. 그 사이에서 숨이 턱 막히는 메일 하나를 발견했
다. 브람에게서 메시지가 왔다고 알리는 메일이다.

"괜찮아?"

나는 고개를 끄덕였다.

"브람한테 답장이 왔어."

14

"말도 안 돼!"

줄리가 소리쳤다.

"말 돼."

"뭐래?"

"그냥 '자기야, 거기 있어?'라고 밖에 안 하는데?"

"로그인해 봐. 답장 기다릴 거 아냐."

"있잖아. 나 더 이상 브람을 보고 싶은지 아닌지 잘 모르겠어. 누
드 사진을 보낸 이후로 이렇게나 오래 연락이 오지 않았잖아. 거기
에 대한 변명이 뭐가 있겠어?"

"당연히 없지. 하지만 너도 궁금하잖아."

"너만 할까. 지금 당장 그 이유를 듣지 않으면 폭발할 것처럼 보
여, 너."

긴장했지만 줄리에게 미소를 띤 얼굴로 대답했다.

"응, 맞아. 그런데 너도 마찬가지잖아. 연락하지 않은 이유가 궁금하지 않아? 정말 꼴도 보기 싫다고 해도 제대로 끝은 내야 해. 안 그러면 좀 지난 뒤에 '걔는 대체 왜 그랬던 거야?' 하면서 불평할 거잖아. 그 불평은 누가 다 받아 주지요? 네, 바로 접니다. 그러니까 빨리 로그인해서 이유를 물어보라고. 이왕이면 큰 소리로 읽어 줘. 나도 좀 듣게."

줄리가 얼마나 유창하게 말하는지 박수를 쳐 주고 싶었다. 하지만 그건 줄리가 원하는 반응이 아니겠지.

> 응. 여기 있어.

자기야, 정말 미안해!

> 대체 왜 그렇게 오래 연락하지 않은 거야?
> 그리고 내 사진은 어떻게 했어?

자기야. 자기 사진으로는 아무것도 안 했어.
내가 그런 사람 아니란 건 잘 알잖아.
아무 일도 하지 않기로 약속했었고.
그동안 많이 아파서 연락을 못 했어.

> 얼마나 아팠는데?

오토바이에 치여서 뇌진탕에 걸렸어.
너무 어지럽고 토할 것 같았어. 다 나을 때까지는
불 꺼진 방에 누워 있어야만 했어.
의사 선생님이 컴퓨터나 텔레비전 화면을 볼
생각도 하지 말라고 해서 아무것도 못 했지.
얼마나 끔찍했는지. 너무 아파서 생각조차 하기
힘들었는데, 그래도 조금 덜 아플 땐 네 생각만
했어. 사진을 보내자마자 연락이 끊겼으니까,
걱정할 네 생각에 마음이 아프더라.

나는 컴퓨터를 바로 줄리에게 넘겼다.

"이 얘기 사실일까?"

"사실일 수 있지. 하지만 너무 우연의 일치 아니야?"

줄리가 망설이며 말했다.

아직 거기 있어?

응. 근데 솔직히 믿기 어렵다.
타이밍이 이상하잖아.

어떻게 해야 너를 설득할 수 있을까?

나도 잘 모르겠어.

기다려 봐, 바로 사진 한 장 찍어서 보낼게.

2분 뒤 날아온 사진에는 심하게 다친 브람이 있었다. 뺨에 상처가 있고, 눈에 멍이 들었다. 턱에는 커다란 반창고가 붙어 있고.

"불쌍해라. 저걸로 거짓말하긴 어렵겠는걸."

"이 모습도 멋있어 보여……. 나 미친 건 아니겠지?"

"그 맘 이해해. 나쁜 남자처럼 보이잖아."

"속마음은 따뜻한 남자인데."

한숨이 나왔다. 난 또 사랑에 빠지고야 말았다. 시몬과 앤은 꺼지라지. 그 둘은 알아서 행복하겠지. 그 둘이 그날 밤 사귀게 돼 얼마나 다행인지 모른다. 아니었으면 어두운 방에서 앓고 있을 브람을 그냥 저버릴 뻔했다.

> 세상에 자기야, 이제 좀 괜찮아?

> 아직도 두통은 가끔 있어. 그런데 이 두통을 낫게 하는 약이 있지. 뭔지 알려 줄까?

> 물어보기 좀 무섭지만, 뭔데?

> 너의 뽀뽀. 이마에 뽀뽀해 줘.

나는 눈동자를 굴렸다. 기발한 생각이 났다.

"줄리, 사진 한 장 찍어 줄 수 있어?"

"린다! 안 돼! 이제 안 돼!"

줄리는 절망적으로 말했다.

아주 잠깐 동안 줄리가 무슨 말을 하는지 이해할 수 없었다. 그렇지만 금방 알아채고 웃음이 나왔다.

"걱정 마, 이번엔 옷 다 입고 찍을 거야. 약속할게. 남자 친구에게 뭔가 좋은 걸 선물하고 싶어서 그래."

갑자기 줄리가 흥분했다.

"오, 남자 친구라고 했어, 지금! 너 그게 무슨 뜻인지 알아? 우리 둘 다 인생 첫 남자 친구가 생긴 거야. 진짜 애인! 우리 손잡고 한번 돌까?"

"그래! 돌자, 돌아. 하지만 그전에 끝내야 할 일이 있어."

나는 컴퓨터 화면에 다친 브람의 얼굴을 띄웠다. 그리고 입술을 쭉 내밀어 사진 속 브람의 이마에 갖다 댔다.

"아, 이제 알겠다. 귀여워!"

줄리가 웃었다.

나는 줄리가 찍어 준 사진을 브람에게 전송했다.

> 완전 귀여워. 벌써 다 나은 기분이야. 하지만 이걸론 부족해. 린다, 제발 내일 나랑 만나자.

나는 줄리를 바라봤다. 줄리는 나의 양심이자 이성의 목소리나 다름없다.

"가. 계속해서 미룰 순 없어. 대신 나이 든 연쇄 살인마일 경우를 대비해서 공공장소에서 만나. 살인마만 아니면 된 거 아냐?"

> 알겠어. 4시에 스타미네이 카페에서 만나자. 어딘지 알지?

알거 같아. 아, 정말 내일 기대된다.

> 나도 마찬가지야. 하룻밤만 자면 돼.

잘 자, 공주님.

> 잘 자요, 개구리 왕자님. ^_~

^0^

> 쪽.

쪽.

"자, 이제 둥글게 둥글게 춤춰 볼까?"
나는 아드레날린이 넘치는 마음을 부여잡고 말했다.
"드디어!"

우리는 줄리 아빠가 저녁을 먹으라고 부를 때까지 엉덩이를 씰룩거리며 정신없는 아이들처럼 춤을 추었다.

* * *

"나 진짜 바지에 오줌 쌀 거 같아."

화요일 아침, 줄리에게 말했다.

"잊지 못할 첫 만남이 되겠군."

줄리가 하품을 했다.

간밤에 수다를 떨다가 줄리 방에서 잠들고야 말았다. 한두 번 있는 일도 아니라 줄리 집에는 내 칫솔도 있다.

"나랑 같이 가 주면 안 될까?"

내가 줄리에게 사정했다.

"뭐? 첫 데이트에 어떻게 같이 가! 브람이 퍽이나 좋아하겠다."

"그게 아니고, 카페에 와서 어디 구석에라도 앉아 있어 줘. 어차피 거긴 크니까 네가 잘 보이지도 않을 거야. 브람은 네가 어떻게 생겼는지 모른다고."

"페이스북에서 사람 찾는 게 얼마나 쉬운데."

"그건 그렇지만. 이 세상에 페북 프로필 사진이랑 신분증 사진이랑 똑같이 생긴 사람이 어디 있어? 분명 못 알아볼 거야. 그리고…… 나를 바라보느라 정신없을 거야."

나는 눈을 찡긋거렸다.

"그거 나한텐 안 통해!"

"통하지! 아 제발, 연쇄 살인마랑 나만 단 둘이 남겨 놓진 않을 거지?"

줄리가 낮게 그르렁거렸다.

"아, 몰라. 지금은 아무것도 약속할 수 없어. 이따가 조나단한테 전화해 보고, 만약 조나단이 같이 가 준다고 하면 나도 가 볼게. 알 겠지?"

"조나단한테 전해 줘. 꼭 같이 와야만 네 남자 친구로 인정해 주 겠다고. 이건 시험이야."

"통과."

점심시간에 줄리가 내게 말했다.

약속 시간까지는 아직도 네 시간이나 남았지만 벌써부터 긴장 돼서 온몸이 덜덜 떨렸다. 네 시간을 어떻게 버티지?

"나는 학교 끝나고 바로 출발할 거야. 3시 반 즈음? 그러면 너랑 도착 시간이 다르니까 덜 의심스러워 보이겠지. 가발이랑 선글라 스 좀 챙길 걸 그랬나?"

"하하, 됐어. 그냥 내 긴장한 모습 보고 웃기나 해! 얼마나 웃길까? 아, 갑자기 몸이 아픈 거 같아. 토할 것도 같고, 설사할 것도 같은데. 세상에, 브람이 옆에 있는데 구토가 나고 설사가 시작되면 어쩌지?"

갑자기 패닉이 찾아왔다.

"오버하긴! 운명의 남자 후보랑 데이트하러 가는데 긴장되는 게 당연하지. 불쌍하지 않네요."

"그게 바로 내가 긴장하는 이유야! 이번 만남에 모든 게 결정된다고! 나 한 대만 쳐 주지 않을래? 기절해서 한 네 시간 정도만 쓰러져 있다가 일어날래."

"오늘 하루가 무지하게 길겠네."

줄리가 고개를 절래절래 흔들었다.

* * *

어느새 시간은 3시 55분, 카페에 들어섰다. 내가 오버하는 게 아니다. 손에서 땀도 나고, 하루 종일 목 상태가 좋지 않아 음식을 하나도 먹지 못했고 배도 아팠다. 정신도 없고 입술은 바짝바짝 말라왔다. 뭔가 마실 걸 주문하고 싶었지만 자신이 없었다.

줄리는 조나단과 함께 약속대로 저 멀리 구석에 앉아 있었다. 둘은 마치 나를 모르는 것처럼 연기했다.

그런데 카페 어디에도 브람은 없었다. 설마 프로필 사진이랑 완전 다르게 생겨서 못 알아보는 건 아니겠지? 정신 차리기가 어렵다. 똑바로 서 있기조차 힘들다!

자리에 앉아 문 쪽을 바라보았다. 대부분의 사람들은 스마트폰을 들여다보고 있었다. 나는 스마트폰이 없으니 그저 문을 바라보며 브람을 기다릴 수밖에 없었다.

"주문하실래요?"

갑자기 누군가 다가와서 놀랐다. 바텐더였다.

"물 조금만 주세요."

급기야 쉰 목소리가 났다. 나는 헛기침을 했다. 오늘도 망했다. 말 한 마디 제대로 하지 못할 것이다. 첫인상이 엉망이겠지.

바텐더가 가져다준 물을 거의 한입에 털어 넣었다.

그때 카페 문이 열렸다.

심장이 뛰기 시작했다.

하지만 들어온 사람은 브람이 아니다. 20대 중반으로 보이는 남자였다.

브람은 대체 어디 있는 거지? 설마 나 바람맞은 거야? 나쁜 놈 같으니라고! 하지만 브람도 나만큼이나 긴장했을 거라 생각하면 맘 편히 욕할 수만은 없다.

그런데……. 금방 카페로 들어온 남자가 내 맞은편에 앉았다.

나는 놀란 얼굴로 그 남자를 바라봤다. 지금은 헌팅 타이밍이 아니야.

"미안하지만 일행이 있어요."

"나도 알아, 린다."

15

머릿속에서 시끄러운 알람이 수천 개 울렸다. 정신을 차릴 수가 없었다. 줄리는 이해할 수 없다는 표정으로 내 쪽을 바라보았다.

"그쪽이 브람이에요?"

대답을 바라고 한 질문은 아니다.

"아니."

"브람이 실제로 존재하긴 해요?"

"당연하지, 브람은 실존하는 사람이야. 클럽에서 너랑 얘기도 하고 네 친구한테 네 이름도 물어봤잖아. 안타깝게도 넌 기억하지 못하겠지만. 브람, 참 잘생겼지. 너도 좋아했잖아."

"설마 여태까지 나와 채팅한 게 그쪽이에요?"

"정말로 알고 싶어?"

그 말로 대답은 충분했다. 갑자기 속이 울렁거렸다.

"대체 원하는 게 뭐예요?"

남자는 태연하게 의자 등받이에 몸을 기댔다.

"린다. 우리는 네 사진을 갖고 있거든. 네 친구들이나, 선생님, 심지어 가족에게 보여 주고 싶지 않을 사진이지. 네 말대로 엄마는 여태까지도 힘드셨으니 굳이 너까지 짐을 지울 필요는 없겠지?"

숨 쉬기가 힘들었다. 이런 사생활로 누군가를 공격하다니.

"걱정할 필요는 없어. 페이스북에 공유하진 않을게. 네가 내 말만 들어준다면."

남자는 조용히 나를 바라봤다.

"뭔데요?"

"다음 주, 이 자리에 2,000유로를 가지고 나와."

"뭐!"

내가 소리쳤다.

"쉿. 조용히 해. 나는 주변의 관심을 즐기지 않아."

"나는 이제 고작 열여덟 살이에요. 2,000유로라니, 그만한 돈은 제게 없어요."

"엄마한테 빌리면 되지. 변명거리를 찾아봐. 너는 똑똑하니까 잘할 수 있지?"

남자는 어깨를 으쓱하며 말했다.

"엄마와 나에 대해 들었다면 우리 엄마한테 그럴 만한 돈이 없다는 건 잘 알 텐데요."

온몸이 부들부들 떨렸다. 양심도 없는 이 남자한테 화가 났고, 너무나 순진하고 멍청했던 스스로에게 더 화가 났다.

"조금 줄여 주시면 안 돼요? 500유로 정도는 마련할 수 있어요. 저금을 깨면 그 정도는 나올 거예요."

"린다, 너 그렇게 저렴한 애였어? 그 사진이 얼마나 예쁜데. 너처럼 섹시한 아가씨는 그것보다는 더 받아야지. 너무 가격이 낮은 거 아냐?"

웃는 얼굴의 남자를 한 대 쳐 주고 싶었다. 내 계좌에는 400유로가 있다. 딱히 방법이 없지 않은가? 나는 쇼핑을 좋아하고 페스티벌에 가는 것도 좋아한다. 페스티벌 티켓이 얼마나 비싼지 알고나 있을까? 티켓을 사려면 아기 돌보는 알바를 1년이나 해야 한다.

"그 정도 돈은 없고 구할 데도 없어요. 그러니까 그냥 사진 올려요."

내가 강하게 말했다.

이 패가 먹힐지는 알 수 없다. 하지만 사진에 내 얼굴이 없으니 잃을 건 없다. 내가 돈을 준다고 해서 사진을 공유하지 않을 거란 보장도 없고, 계속해서 돈을 요구할지도 모른다.

"그 정도 반응은 예상했지. 그동안 봐 온 너는 이런 애니까. 그렇지? 그래서 다른 계획을 마련해 놓았지. 저쪽에 있는 남자 보이지?"

카페에는 사람이 많지 않았다. 줄리와 조나단을 빼고는 나이 든 커플과 두 아이가 있는 가족만 앉아 있을 뿐이었다. 남자는 내 눈길을 따라갔다.

"너무 멀리 보지 말고. 그거보다 가까이에 있어."

대체 무슨 말이야. 저기 나이 든 커플을 말하는 건가?

"그보다 더 가까이."

내 시선은 조나단에게 향했다. 조나단은 아무 의심 없는 줄리의 어깨에 팔을 올리고 나를 정면으로 쳐다보고 있었다.

갑자기 온몸이 차게 식어 갔다.

"오늘 하루는 정말 우연으로 가득 찼지. 네가 친구한테 같이 와 달라고 부탁했고, 심지어는 그 친구가 자기 남자 친구한테 같이 여기에 와 달라고 말했지. 저이도 가만있진 않을 건데."

"설마 둘이 같은 편이에요?"

나는 속삭이며 물었지만, 사실 이미 답을 알고 있었다.

"쟤도 몰래 네 친구 사진을 찍었지."

"말도 안 되는 소리."

남자는 주머니에서 휴대폰을 꺼내서 사진 한 장을 보여 주었다. 사진에는 말이 그려진 이불 위에 누워 있는 줄리가 있었다. 줄리는 눈을 감고 있었지만 입가에는 미소가 가득했다. 그리고…… 줄리는 청바지를 빼고는 아무것도 입고 있지 않았다.

"자, 네가 알아서 누드 사진을 찍어 보내는 동안 네 친구는 몰래 사진에 찍혔네."

남자는 휴대폰을 다시 집어넣었고 행복한 목소리로 말을 이었다.

"오늘은 특별 가격에 거래를 해 주지. 원 플러스 원이야. 돈을 가져오면 네 사진뿐만 아니라 네 친구 사진도 지킬 수 있어. 자, 다음 주 이 시간, 바로 이 자리야. 난 이제 가야겠어."

"왜 벌써 가는데요? 다른 여자들을 협박하러 가는 거예요?"

날카로운 내 말에 남자가 웃었다.

"말에 뼈가 있네. 아주 맘에 들어."

"질문이 하나 더 있어요. 브람이 정말 뇌진탕에 걸렸나요?"

"당연히 아니지."

"그럼 대체 그 사진은 어떻게 찍었어요?"

"걔가 어디서 얻어맞고 왔을 때 찍어 놓은 사진이지. 한 여섯 달 전이었나? 그때 경찰에 보여 줄 증거로 찍은 거야."

남자는 어깨를 으쓱하고 자리에서 일어났다.

"자, 그럼 다음 주에 봐. 누드 모델 아가씨."

나는 조나단의 팔이 아직도 줄리의 어깨를 감싸고 있는 걸 확인했다. 줄리는 모든 걸 봤지만 아무 이야기도 듣지 못했다.

나는 줄리에게로 가서 바로 줄리를 잡아끌었다.

"자, 이제 가야 해."

내가 말했다.

"왜? 기다려 봐! 조나단을 놔두고 갈 수는 없단 말이야."

"조나단은 존재하지 않아!"

내가 소리쳤다.

바텐더도 내게 소리쳤다.

"거기, 돈 내고 가야지."

"저 남자가 낼 거예요. 돈 많거든요."

나는 조나단을 가리키며 말했다.

16

"대체 무슨 일이야? 아까 그 남자는 누구고, 브람은 어디 있어? 그리고 조나단이 존재하지 않는다니, 그게 무슨 말이야?"

줄리는 겁먹은 얼굴이었다.

"잠깐 기다려 봐. 일단 여기서 벗어나야 해."

줄리와 나는 긴장한 상태로 몇 블록을 지나쳐 오래된 카페로 들어갔다. 스타미네이보다도 사람이 없었다. 지금 당장 우리가 원하는 최적의 장소였다. 나는 줄리에게 많지 않은 정보지만 내가 들은 모든 걸 설명했다. 조나단에 대해서도 털어놓아야 할까 잠시 고민했다. 조나단인지 누구인지, 줄리 몰래 사진을 찍은 그 남자 말이다. 하지만 줄리 사진이 퍼지게 둘 순 없다. 그러니 모든 이야기를 해 주어야만 한다.

"그러니까 둘이 한패였단 말이야?"

줄리가 대답했다.

"내 말이, 셜록."

나는 긴장을 풀어 보려고 텔레비전 드라마 주인공의 말투를 따라 했다.

"하, 일단 들은 얘기를 정리해 봐야겠어. 맙소사! 그래, 조나단은 현실이라고 생각하기엔 너무 완벽했어!"

"우리 둘 다 바보였어."

"그런 멋진 남자들이 우리한테 빠질 거라 생각한 우리가 너무 순진했던 거야?"

"아니."

내가 대답했다.

"그건 아냐. 그리고 우리도 언젠간 진심을 가진 남자를 만나게 될 거야. 하지만 걔들은 다르지. 인정하고 싶지 않지만 우리같이 순진하고 약하고 외로운 여자애들을 목표로 삼아 접근한 거라고."

줄리와 나는 조용히 앉아 생각을 정리했다.

"이제 알겠어!"

갑자기 줄리가 자리를 박차고 일어나 소리쳤다. 나는 깜짝 놀랐다. 곧 줄리는 놀랍도록 차분한 모습으로 다시 설명하기 시작했다.

"그러니까 네가 브람에게 사진을 보낸 뒤에야 내가 조나단과 연락이 닿은 거야. 그 순간부터 추가로 협박할 사람이 필요했던 거지."

너무나 논리적인 추리에 고개를 끄덕였다.

"정말 네 사진을 찍는지 알아채지 못했어?"

줄리에게 물었다.

"대체 어떤 사진인데?"

나는 줄리에게 윗옷을 벗고 침대에 누워 있는 사진이라고 말해 주었다. 줄리는 잠시 생각하는 눈치였다.

"조나단이 우리 집에 딱 한 번 왔었거든. 키스를 하더니 내 티셔츠랑 브라를 전부 벗기더라고. 바지도 벗기려고 했는데 내가 그만하라고 말렸지. 아직 마음의 준비가 안 됐다고. 그랬더니 되게 따뜻하게 배려해 주더라. 꼭 신사 같았어. 그러고는 서로 안고 잠깐 누워 있었는데, 걔가 확인할 문자가 있다고 하더니 버튼을 몇 개 누른 다음 휴대폰을 다시 집어넣었어. 아마 그때 몰래 사진을 찍었을 거야. 대체 누가 그런 걸 예상하겠어? 나도 정말 몰랐어……."

줄리 눈에 눈물이 고였다.

"네 잘못이 아니야, 줄리. 걔들이 우리를 가지고 장난친 거라고."

"이런 일을 얼마나 자주 벌이는 거지? 대체 얼마나 많은 여자애들이 이 덫에 걸린 거냐고."

"이게 처음인지 아닌지는 잘 몰라. 대신 엄청 연기를 잘한다는 건 알 수 있지. 나는 진짜 브람이 나랑 사랑에 빠진 줄 알았거든. 나를 계속 만나고 싶어 했으니까. 내가 그때 브람을 만났다면 어떻게 됐을까?"

"그건 아무도 모르겠지."

줄리는 슬프게 말했다.

"하지만 지금은 그보다 더 큰 문제를 해결해야 해. 너 통장에 돈 얼마나 있어?"

"얼마 없어. 한 200유로 정도? 8월에 방학하면 알바하려고 했는데, 그때까지 미룰 수 있을까?"

"나도 8월 말쯤 되면 아기 돌보는 알바해서 좀 모을 수 있을 거야."

"그때까지 아껴야겠네."

"페스티벌 티켓을 이미 사 놓아서 다행이다. 적어도 기대할 게 하나는 남아 있잖아."

나는 줄리를 껴안아 주고 싶었다. 이렇게 최악의 상황에서 긍정적인 생각을 하는 친구를 두다니, 얼마나 멋진가? 당황해서 징징거리는 게 아니라 바로 해결책을 찾는 친구 말이다. 줄리가 없으면 대체 어떻게 살아야 할지.

"잠깐 네 휴대폰 좀 빌려도 될까? 브람한테 돈을 늦게 보낼 수 있냐고 물어볼게. 그러면 바로 문제를 해결할 수 있잖아."

"뭐, 그 협박범 중 하나가 나를 사랑하는 척했다는 걸 생각하면 그다지 간단한 문제가 아니긴 한데."

줄리는 쓴웃음을 지으며 휴대폰을 나에게 건넸다.

"그치, 그것만 빼면 간단하다는 말이지."

나는 페이스북을 열어서 브람의 프로필을 찾았다. 하지만 프로필은 이미 삭제돼 있었다.

*　*　*

"이제 어떡하지?"

내가 절망적으로 물었다.

"어떻게든 다음 주까지 2,000유로를 모을 방법을 찾아야 해."

줄리가 대답했다.

"나 진짜 엄마한테 부탁할 순 없어. 엄마가 날 죽일 거야. 내가 엄마를 보호해야 하는데……. 엄마도 그 정도 돈은 없을 테고. 잠깐만, 텔레비전이랑 DVD 플레이어를 팔아야겠다."

"당연하지."

줄리가 말했다.

"그런데 너희 부모님은?"

"부모님한테 얘기하라고? 그러면 내가 서른 살이 될 때까지 남자 친구를 못 사귀게 할걸!"

줄리가 소리쳤다.

"안 돼. 일단 우리가 돈을 빌릴 수 있고, 절대 부모님한테 이야기
하지 않을 사람이 필요해."

한숨이 나왔다. 딱 한 사람밖에 없었다.

나는 전화를 걸었다.

"아빠?"

17

"린다, 전화해 줘서 너무 기쁘구나. 다시는 네 목소리를 못 듣는 줄 알았어."

여기까지 말한 아빠는 재빨리 덧붙였다.

"그렇다고 네 탓을 하는 건 아니다."

아빠가 얼마나 긴장한지 알 수 있었다. 목소리는 떨렸고, 혹시나 말실수를 할까 봐 무척 신경 쓰는 눈치였다.

그래, 인정하자. 아빠의 이런 목소리를 들으면 나도 기분이 상한다. 내 어린 시절의 큰 부분 또는 인생 전부를 망쳐 버린 아빠지만, 아빠를 약하게 만들 수 있다는 기분은 좋지만은 않으니까.

내가 원하든 원치 않든 금방이라도 울음을 터트릴 것 같은 이 사람에게 마음이 갔다.

"우리 만날 수 있어요?"

내가 차갑게 말했다.

"당연하지! 아빠는 그걸 제일 바란단다!"

아빠의 목소리가 높아졌다.

"그러면 제가 있는 카페로 당장 와 주실래요? 카튼스트라트에 있는 헤커 쿠라는 카페예요."

"지금 바로 말이니? 그건 좀 어려울 것 같은데……."

아빠가 망설이듯 말했다.

"지금 집에…… 어른이 나 혼자거든."

"아빠 딸이랑 같이 있다는 거예요?"

"그렇단다. 어린아이를 혼자 두고 나갈 순 없어."

그 얘길 듣는 순간 너무 화가 나서 전화를 끊어 버리고 말았다. 딸을 혼자 남겨 둘 수 없다고? 나는 딸이 아닌가? 나는 왜 내버려 뒀던 거지? 잠깐, 대체 딸이 몇 살인거야? 열 살? 열한 살?

어이가 없다. 기분이 이상했다. 마음이 아프다.

"됐어, 젠장."

줄리에게 말했다.

"엄마한테 물어볼게. 그러면 뭐 스물두 번 째 생일까지 집에 갇혀 있겠지? 그래도 그 편이 더 안전할지 몰라. 적어도 사랑에 빠질 걱정 따위는 하지 않아도 될 테니."

그때 다시 휴대폰이 울렸다.

"여보세요?"

"그래, 아가야."

아빠가 말했다.

"뭔데요?"

"라우렌스를 봐 줄 베이비시터를 찾았어."

라우렌스라고? 아빠 딸 이름이 라우렌스야? 무슨 열 살짜리한테 그런 촌스런 이름을 지어 줘!

"하지만 아르데네스를 벗어나 거기에 도착하려면 시간이 좀 걸릴 거야. 그때까지 기다려 줄 수 있겠니? 지금 바로 출발한다."

"네. 기다릴게요."

전화를 끊고 줄리에게 말했다.

"술 좀 시킬까?"

"뭐라고? 그러다가 너희 아빠 도착할 즈음에는 취할지도 몰라. 아저씨가 그런 네 모습을 보면 어쩌려고 그래?"

"그 편이 낫지 않을까. 아빠 때문에 술 마시기 시작했다고 믿게 놔 둬. 좀 당해 봐야 해."

난 왠지 웃음이 났다.

* * *

한 시간 반 뒤 아빠가 카페에 들어왔다. 집에 아빠 사진이 남아 있지만 왜인지 아빠 얼굴은 기억하지 못했다. 그랬는데도 아빠를 바로 알아볼 수 있었다. 아빠는 40대인데도 눈 밑 지방과 이마 주름 때문에 더 나이 들어 보였다. 다행히 굵은 금발은 예전 그대로였다. 내가 아빠에게 물려받은 그 머리카락. 문득, 동생과 나를 바라보며 매일 아빠를 떠올렸을 엄마가 얼마나 힘들었을까 싶었다. 우리는 아빠와 무척 닮았다. 이렇게까지 닮게 만들다니. 신은 시니컬한 유머 감각을 지닌 게 분명하다.

아빠는 우리에게 다가와 포옹하려는 듯 양팔을 벌렸다. 하지만 내가 뒤로 물러나자 재빨리 팔을 거뒀다.

"앉아도 되겠니?"

아빠가 물었다.

"원하신다면요."

어깨를 오므리며 내가 말했다.

나는 아빠에게 안겨 여태까지 일어났던 모든 일을 잊고 싶었다. 하지만 내 안의 뭔가가 그것을 거부했고, 난 아빠 옆에 그저 쿨하고 조용하게 앉아 있었다. 이게 나의 방어기제인가? 그놈의 방어기제는 브람이 누드 사진을 달라고 할 때는 대체 뭘 하고 있던 거야? 입이 썼다.

"나는 이제 가 볼게."

줄리가 자리에서 일어났다.

"같이 있어 줘서 고마워."

나는 줄리를 껴안았다.

"이따가, 아니면 내일 전화할게. 걱정하지 마. 다 괜찮을 거야."

"내가 먼저 얘기해도 되겠니?"

아빠가 주문한 음료가 나온 뒤였다.

나는 알아서 하라는 뜻으로 어깨를 으쓱하며 대답을 대신했다.

"내가 네게 했던 일을 주워 담을 수 없다는 걸 잘 알고 있단다."

아빠가 말했다.

"내가 사랑에 빠져서 눈이 멀어 버렸던 것뿐이야. 그것보다 더 나은 변명은 없겠구나. 린다, 네가 사랑을 해 본 적이 있는지 모르겠다. 정말이란다, 사랑에 빠지면 바보가 돼."

나는 아무 말도 하지 않았다. 뭐야, 내가 열네 살로 보이나? 당연히 나도 사랑을 해 봤지, 아오. 나도 아빠가 무슨 말을 하는지 잘 안다.

"나와 마리소피는 채팅으로 만났단다. 그때 나는 서른여덟 살에 두 아이를 둔 남자였지. 네 엄마와 나는 일이 많아서 집에 오면 피곤에 절어 그저 누워 있기만 했어. 놀러 나가고 싶지도 않았고, 친구를 부르고 싶지도 않았지. 그냥 너무 피곤했어. 이제 너도 내가 무슨 말을 하는지 잘 알 거야. 내가 더 이상 존재하지 않는 기분이었단다. 아무런 감정도 느껴지지 않았어. 삶이 지루하고 재미가 없었지. 남는 시간엔 텔레비전을 보는 것밖에 할 일이 없었어. 직장에서도 성취감이 없었어. 심지어는 일이 많지도 않았지만 상사에게 그런 말을 할 수도 없었지. 해고당할까 봐 걱정이었거든. 그래서 그냥 '입을 다물고' 있었다."

아빠는 마지막 말을 강조하며 양손을 브이 자로 만들어 귀 옆에 대고 쫑긋거렸다. 나도 똑같은 버릇이 있다.

"그래서 채팅을 시작했어. 처음부터 애인을 찾을 생각은 아니었어. 정말이야. 그저 시간이 가길 바랐을 뿐이다. 하지만 채팅에서 만난 마리소피는 재미있고, 열정적이고, 새로웠지. 그리고 그녀는 나를 특별하게 느끼고 많이 좋아했어. 오랫동안 느껴 보지 못한 감정이었다. 그렇게 사랑에 빠져 버렸어."

아빠는 내 반응을 보려는 듯 잠시 말을 멈췄다. 하지만 난 계속해서 테이블만 뚫어져라 쳐다보고 있었다.

"그렇게 마리소피와 사귀기 시작했단다. 이건 비밀인데 그때 마리소피는 스물일곱 살이었어. 어리고 힘이 넘치는 나이였지. 내가 엄마를 떠나 그녀에게 간다고 말했을 때, 너무 신나서 어쩔 줄 몰라 했어. 하지만 너희도 머무를 수 있게 아빠가 지금 사는 집을 구해서 프러포즈했을 때는 모든 게 달라졌단다. 짧게 말하면 그녀는 아이를 원하지 않았어. 자신이 낳지 않은 아이는 더더욱 원하지 않았지. 그래서 헤어졌냐고? 아니야 줄리, 그녀는 정말 아름다웠단다. 그저 푹 빠지고야 말았어. 그래서 마리소피를 선택하고 이사를 가 버렸단다. 조금 더 시간을 보내고 나면 그녀도 마음을 바꿔서 너희와 함께 살 수 있을 거라 생각했어."

아빠가 한숨을 쉬었다.

"하지만 현실은 달랐지. 그동안 너희가 많이 그리웠단다. 그래서 그녀를 떠나 너희에게 돌아간다고 했을 때, 마리소피가 폭탄을 터트렸지. 자기도 임신을 했다는 거야. 내 아이였지. 그래서 일생일대의 선택을 해야만 했다. 너희와 라우렌스, 그중 하나를 선택해야 했지. 겁쟁이였던 나는 가장 쉬운 선택을 해 버리고야 말았다."

"그랬다고 해도 한 번이라도 우리한테 전화할 수 있었잖아요."

"전화했단다. 떠난 지 반년이 지나서 말이야. 너희 엄마는 샤워 중이었던지 네가 전화를 받았지. 그때 너는 이미 나를 거의 잊은 듯했어. 내가 누군지 아는 것 같았지만, 너에게 난 이미 이방인일 뿐이었지. 그래, 일곱 살 어린아이에게는 흔한 일이야."

"그래서 그렇게 포기했어요?"

"그랬단다. 이미 말했잖니. 난 그냥 겁쟁이였어. 그게 전부란다. 다른 변명거리도 없어. 내가 스파이라 너희를 떠나 있었던 게 아니란다. 경찰의 특수 보호를 받아야 하는 증인도 아니었고. 지구의 비밀을 연구하느라 지난 10년 동안 따로 살았던 건 더더욱 아냐."

적어도 이번에는 아빠가 진실해 보였다.

"그러면 며칠 전에는 왜 다시 전화하기로 마음먹은 거예요?"

"그녀가······."

"······ 바람피워서 떠난 거죠?"

난 바로 말을 덧붙였다. 별로 어려운 추리도 아니었다.

"인과응보야, 그렇지?"

아빠가 쓴웃음을 지었다.

"그렇다고 하면 뭐······."

나는 별말 하지 않았다. 내가 거기에 반하는 말을 할 거라 생각
했을까?

"그녀는 라우렌스와 브뤼셀로 이사를 갈 거란다. 그래서 그저
브뤼셀과 여기 중간 지점에 집을 얻을 수 있지 않을까 생각했어.
그러면 우리가 서로 더 많은 시간을 보낼 수 있을 거야. 아르너도
언젠가는 나를 만나고 싶지 않을까?"

아빠는 희망이 가득 찬 얼굴로 나를 쳐다보았다.

대체 나한테 뭘 바라는 거지? 내가 당장 아빠 품으로 뛰어들어
"네! 드디어! 지난 11년 동안이나 이 순간을 기다렸어요!"라고 말
하길 바라나? 나는 대신 이렇게 말했다.

"그때 가서 생각해 봐요, 아빠. 우리는 서로 잘 알지도 못하잖아

요. 서로를 아예 알지 못하는 것일 수도 있어요. 서로 싫어할 수도

있고요."

"네가 나를 다시 '아빠'라고 불러 줘서 얼마나 기쁜지 모른다."

아빠가 말했다.

오, 도와줘요! 아빠가 곧 울음을 터트릴 거 같은데.

"만약 아빠가 가끔이라도 내게 전화를 해 줬으면 들을 일이 더

많았을 거예요."

나는 기분이 좋지 않았다. 절대 쉽게 화를 풀지 않겠어.

아빠는 기침했다.

"그래, 너는 어떻게 다시 전화할 생각을 했니?"

"지난 11년 동안 못 받은 용돈을 몰아서 받으려고요."

내가 말했다.

18

"용돈? 그게 무슨 말이니?"

"지금 당장 돈이 필요해요. 하지만 엄마는 돈이 많지 않거든요. 그 이유는 말하지 않아도 알겠죠?"

"대체 어디에 쓸 돈이 필요한 거니? 그리고 얼마나 필요한 건데?"

"2,000유로요."

아빠는 레모네이드를 마시다가 사레들렸다.

"2,000……이라니. 왜? 무슨 문제가 생겼니?"

나는 고개를 끄덕였다.

아빠는 긴장해서 아파 오는 내 배를 쳐다보았다.

"맙소사, 너 그러면……."

"임신이요? 글쎄요, 임신을 하려면 섹스를 먼저 해야 한다던데,

섹스 없이도 가능하려나. 학교에서 그렇게 배웠거든요.”

“으흠, 천만다행이구나. 린다, 네가 사실대로 이야기하지 않으면 나는 돈을 줄 수 없단다.”

갑자기 내 몸에 한참 동안이나 자리 잡고 있던 절망이 내려왔다. 분노였다. 창피였다.

“아, 그래서 이제야 자식 걱정하는 아빠 흉내를 내겠다고요? 내가 몇 년 동안이나 어디서 뭘 하고 있었는지 알지도 못하는 주제에. 집을 나가서 시궁창 같은 삶을 살고 있었을지도 모른다고요! 노예로 팔려 갔을지도 몰라요!”

카페 전체가 엄청나게 조용했다. 모두 우리만 쳐다보고 있었다.

바텐더는 신이 나서 마돈나의 'Papa Don't Preach(아빠 설교하지 마세요)'를 틀었다. 다른 때 같으면 그 유머 감각에 박수를 쳐 줬겠지만 오늘은 절대 아니다.

“어쨌거나 지금은 아빠의 도움이 필요해요. 태어나서 처음 아빠에게 부탁하는 거고, 원한다면 오늘이 평생의 마지막 부탁일 수도 있어요. 2,000유로는 당신이 나한테 했던 짓을 생각하면 돈도 아니에요.”

아빠는 자리에서 일어나 나를 안으려고 했지만, 나는 아빠를 밀쳐 버렸다.

“린다, 진정하렴.”

아빠가 속삭였다.

"조금만 진정하고 내 얘기를 들어 봐. 돈이 아까운 게 아니란다. 무슨 일이 있는 거잖니? 아빠가 도와줄 수 있게 얘기하렴. 한 번이라도 너를 도울 기회를 줘. 네가 내게 전화했잖아. 그 정도로 급한 일이 있는 거야. 맞지?"

나는 어깨를 으쓱했다.

"그럼 나를 아빠가 아니라 모르는 사람이라고 생각하고 말해 보렴. 상담 선생님이나 아니면 경찰일 수도 있고."

"아빠도 그 사람들만큼이나 나에 대해 모르긴 하죠."

"정곡을 찔렀네."

나는 이야기를 시작했다. 일이 어떻게 될지 모른 채.

* * *

"맙소사."

"아빠가 그렇게 말할 줄 알았어요."

"보니까, 내가 잘못된 유전자를 물려준 것 같구나. 이 모든 상황이 나를 더 잘 이해할 수 있게 도와주면 좋겠네."

"절대요."

내가 말했다.

"그렇다면 뭐."

아빠가 대답했다.

우리 둘 다 웃음이 나왔다.

"돈을 좀 빌려주실 수 있어요? 8월 말에는 꼭 갚을게요. 약속해요."

"린다, 그놈들한테 돈을 주면 안 돼. 이런 일은 경찰을 불러야 해."

"미쳤어요? 그렇게 하면 걔들이 사진을 퍼트릴 거예요! 내 사진은 퍼져도 괜찮아요. 하지만 줄리 사진은……."

나는 고개를 저었다.

"그리고 협박당했다는 증거도 없어요. 브람에게 사진을 보낸 건 나예요. 걔들이 나를 유인해서 카페로 불러냈어요. 이메일에는 아무것도 남아 있지 않고요. 대체 어떤 증거로 경찰이 나를 도와주겠어요?"

"아마 그놈들은 계속해서 널 협박할 거야. 알고 있니?"

"그건 내가 감당해야 할 위험이에요."

"아니야, 린다. 나는 네게 돈을 줄 수 없다. 대신에 경찰서에 함께 가 주마. 만약 네가 지금 사는 곳을 떠나고 싶다면 아빠에게 와서 지내도 된단다."

"그거 알아요? 아빠가 아니더라도 어디서든 돈은 구할 거예요.

아빠가 변할 거란 생각을 했던 내가 바보 멍청이에요."

나는 문을 박차고 밖으로 나왔다.

*　*　*

"장난 아니네."

전화로 아빠와 나눈 이야기를 해 주자 줄리가 말했다.

"그럼 어디서 돈을 구할지 혹시 더 생각해 봤어?"

"그냥 우리 엄마랑 너희 부모님에게 델 핑계를 잘 생각해 봐야겠지. 같이 휴가 가고 싶다고 말해도 되고!"

"여행 경비가 2,000유로나 필요하다고 말이야? 코웃음 치시겠다. 그 얘길 들으시면 100유로를 빌려줄 테니 일주일 동안 캠핑이나 가라고 하시겠지."

"오, 좋은 생각인데? 캠핑 가자!"

"음, 린다. 올해 안으론 어렵지 않을까. 그리고 그 전에 해결해야 할 일이 있잖아."

"일단 생각을 좀 해 보자. 그리고 내일 학교에서 만나서 더 이야기해. 알겠지?"

"좋아. 나 지금 정말 피곤하거든. 다른 사람들은 평생에 걸쳐 겪을 일을 우리는 오늘 하루에 다 겪은 것 같아."

"뭐, 삶이 지루하지 않다는 증거지."

아주 잠깐 동안 페이스북을 켜서 브람에게 여태까지 있던 일을 이야기하는 상상을 했다. 하지만 이제는 가능하지 않다는 걸 안다. 그리고 브람은 더 이상 그 자리에 없다.

바로 그때 휴대폰이 울렸다. 아빠였다.

"좋다."

아빠가 한숨을 내쉬며 말했다.

"그 돈을 주마. 하지만 한 가지 조건이 있다. 네가 돈을 주기로 한 그 카페에 나도 같이 가야겠다. 네가 안전한지 확인해야 하니까. 약속 시간 15분 전에 미리 가서 있으마. 그놈들은 아무것도 모를 거다. 어차피 나를 모르니까."

아, 나랑 같이 살고 있지 않은 아빠의 장점이다.

"그리고 줄리는 그냥 집에 있기로 하자. 약속할 수 있지?"

"네."

절대로 아빠를 다시 받아들일 생각은 없다. 하지만 내 속마음은? 내가 아빠를 필요로 했을 때 나를 구하러 와 줄 거란 생각에 기뻤다.

19

화요일 3시 반. 나는 아빠 차 안에 있었다. 아빠에게서 2,000유로가 담긴 봉투를 넘겨받을 때는 꼭 쿠엔틴 타란티노의 영화에 나오는 배우가 된 기분이었다. 물론 멋진 사운드트랙은 없었다.

나는 핸드백 안에 돈 봉투를 집어넣었다. 그 정도 금액이면 꽤나 두꺼울 거라 생각했지만 그렇지 않았다. 네 장의 500유로 지폐는 딸기 맛 껌 사이에, 헬로키티 지갑 안에, 그리고 스누피 열쇠고리와 함께 있었다. 기분이 이상했다.

3시 45분. 아빠와 함께 스타미네이 카페 앞에 도착했다. 나는 손톱을 물어뜯으며 차 안에 앉아 있었다.

시간이 가고 있다.

맙소사, 스마트폰이 있다면 캔디크러시 게임이라도 할 수 있었을 텐데.

4시 5분 전, 아빠 차에서 내려 카페로 들어갔다. 아주 천천히 움직여 테이블에 앉아 음료수를 시키면 거의 4시 정각이 될 것이다.

카페를 들어서며 주변을 스캔했다. 지난번에 왔던 남자는 아직 오지 않았다. 이 정도는 예상했다. 그 남자는 상황을 조종하는 걸 즐기는 유형처럼 보였다. 그러니 내가 자신을 기다리길 바랄 것이다.

카페 저쪽에는 중년 커플, 재잘거리는 10대 소녀들, 그리고 아빠가 앉아 있었다.

나는 바 쪽으로 걸어가 다이어트 콜라를 시켰다. 다행히 바텐더는 나를 기억하지 못했다. 지난번에 돈을 내지 않고 나갔으니, 나를 기억한다면 더 이상 음료를 주고 싶지 않을지도 모른다.

음료를 건네받은 나는 지난주에 앉았던 테이블로 가서 무릎에 핸드백을 얹고 그 남자를 기다렸다.

4시 7분이 돼서야 남자가 카페 안으로 들어왔다. 그렇게 오래 기다린 건 아니었지만 너무나 길게 느껴졌다.

"자, 그러면?"

남자가 앉기도 전에 말했다.

"돈은 가져왔어요."

"어디 한번 보자."

나는 남자에게 어떻게 돈 봉투를 건네야 할지 알 수 없었다. 테이블 아래로 넘겨야 하나? 신문 사이에 껴서 줘야 하나? 영화에서 어떻게 했더라? 하지만 곧 그냥 봉투를 넘겨주는 게 그나마 덜 의심스러울 거란 생각이 들었다.

지갑에서 막 돈 봉투를 꺼내려는 사이 몇 곳 떨어진 테이블에 앉았던 커플이 재빨리 우리 테이블 근처로 다가왔다.

무슨 일이지? 이 사람들 깡패라도 되는 건가? 지금 뭐 하는 거지? 나는 약속을 지켰는데?

"드동커르 씨? 경찰입니다. 잠시 경찰서로 가서 이야기 좀 할 수 있을까요?"

"무슨 이야기죠? 왜요?"

"아동 성인물 소지 문제입니다."

남자는 화가 나서 나를 쳐다보았다.

"네가 경찰에 전화한 거냐? 분명히 후회할 거라고 말했을 텐데?"

남자가 소리쳤다.

"절대요, 정말 아니에요. 맹세해요!"

나는 이 상황이 너무나 당황스러웠다.

"이리 와, 린다."

아빠가 내 어깨에 손을 올려 테이블에서 나를 끌어냈다.

"이 나쁜 놈아!"

내가 아빠를 향해 한 말이었다.

20

"다른 선택의 여지가 없었단다."

"우리를 버렸던 것처럼?"

흐르는 눈물과 함께 내가 소리쳤다.

"아빠가 다 망쳐 버렸어. 내 인생을 망쳤다고요. 줄리 인생도 마찬가지예요. 특히 줄리 인생을 망쳐 버렸다고요."

"린다, 자, 이제부터 내 얘길 좀 들어 보렴. 너와 이야기한 후에 난 경찰을 찾아갔단다. 그리고 네 얘기를 전부 했지. 경찰은 네가 누구를 이야기하는지 이미 알고 있었어. 좀 전에 잡혀 간 예스 드 동커르 말이지. 사람들이 여러 번 신고했지만 안타깝게도 정보를 찾을 수가 없었어. 그 패거리 전부 똑똑했거든. 절대 이메일로 연락하는 법이 없어서 경찰이 증거를 찾지 못했지. 네가 줄리의 누드 사진이 그 녀석 휴대폰에 있다는 걸 말하기 전까지 말이야. 그런

사진을 가지고 있는 건 아동 성인물 소지죄에 해당된단다. 그 남자
가 줄리 사진을 아직도 휴대폰에 가지고 있기를 바랄 뿐이야."

"그럼 브람은요?"

"그 녀석이 배신하기 전까진 경찰은 브람이 누군지도 모를 거야."

"그렇다면 나도 안전하지 않은 거잖아요!"

"린다, 걱정하지 마. 우리는 마피아에 대해 이야기하는 게 아니
야. 그 녀석들은 그렇게 위험하지 않단다. 빨리 돈을 벌 방법을 찾
은 풋내기 녀석들일 뿐이야. 네 근처에 다시 얼씬거리지도 못할
거야."

아빠가 한숨을 쉬었다.

"하지만 아직 해결할 문제가 남아 있단다."

"세상에, 대체 뭔데요? 뜸 들이지 말고 빨리 얘기해 주세요."

"엄마한테 이 이야기를 전부 해야 해."

나는 마치 어린아이처럼 순순히 아빠 차에 올라탔다.

"엄마는 아빠를 보고 싶어 하지 않을 거예요."

내가 말했다.

"엄마는 아빠를 싫어하거든요. 그리고 내가 아빠랑 연락한다는
걸 엄마가 알게 하고 싶지 않아요. 힘들어하실 거예요. 엄만 이미
상처를 많이 받았단 말이에요."

"네 엄마가 나를 좋아하지 않는다는 건 잘 알아. 하지만 우리가

만나는 데는 큰 불만이 없을 거야."

"아빠가 그걸 어떻게 알아요?"

"내가 네 번호를 누구한테 받았겠니?"

* * *

우리는 집으로 돌아왔다. 엄마 아빠와 한 테이블에 앉아 있다
니, 이런 날이 내 생애에 또 있을 줄은 몰랐다.

가장 이상한 일은 두 분이 마치 아무 일도 없었다는 듯 대화를
나누고 있는 것이다. 사실 큰 소리로 울어 젖히고 사정없이 때리는
드라마 같은 상황을 예상했다. 하지만 현실은 그와 달랐다. 두 분
은 마치 오랜만에 만나는 평범한 지인처럼 행동했다.

아빠는 엄마에게 그동안 나에게 벌어졌던 일을 전부 털어놓았
고, 나는 간간히 이야기를 바로잡으려고만 참견했다.

엄마는 화를 내지 않았다. 어쨌든 내게 화가 난 건 아니었다. 대
신 브람과 그 친구들에 대해서만 화를 냈다. 엄마는 나를 진심으로
걱정했고, 충격받았으며, 슬퍼했다.

그때 갑자기 문이 열리고 동생이 주방으로 들어왔다.

"안녕하세요."

아르너는 엄마 친구에게 하는 것처럼 아빠에게 인사를 하고는

냉장고로 가 햄과 스프레드를 꺼내 입안에 욱여넣었다. 그러고는
콜라 캔을 따서는 여전히 햄을 우물거리는 입으로 갖다 댔다.

"음······. 아르너?"

내가 물었다.

"응?"

나는 아빠를 가리켰다.

동생은 아빠를 쳐다보고는 이상하단 얼굴로 다시 나를 쳐다보
았다.

"우리 아빠랄까?"

내가 말했다.

"오, 안녕하세요."

동생은 다시 한번 인사를 한 뒤 주방을 나갔다.

우리는 입을 딱 벌리고 서로를 쳐다보았다.

"가서 아르너와 이야기를 좀 해 봐야겠구나."

아빠는 동생을 따라 나갔고, 나는 엄마와 함께 주방에 남았다.

"쟤 왜 저래요?"

"아빠가 떠났을 때 아르너는 고작 네 살이었어."

엄마가 말했다.

"아빠를 잘 알지 못하니 그리워하지도 않았겠지. 그게 더 낫지
않니?"

"그러면 엄마는 왜 아빠한테 내 번호를 준 거예요? 저런 남자랑 내가 연락하게 하다니 믿을 수가 없어요. 아빠가 엄마를 또 상처 주면 어떡해요?"

"린다, 아빠는 내게 상처 줄 수 없단다. 이미 헤어진 지 11년이나 지난걸. 그래, 자그마치 11년이야! 나는 네 아빠를 잊은 지 오래란다. 내가 아직도 아빠를 그리워한다고 생각한 건 아니지? 전혀 아니야. 그동안 세 명의 남자가 엄마에게 상처를 주고 지나갔지. 나도 몇 개 마음에 상처를 줬고."

엄마가 웃었다.

이게 무슨 소리야? 엄마도 사귀는 사람이 있었다고? 엄마가 남자에게 상처를 줬다고? 내가 왜 이걸 여태까지 몰랐던 거지? 그리고 지금은 대체 왜 알게 된 거지? 모르는 남자가 엄마에게 입 맞추는 상상을 하니…… 그보다 더한 것도…… 으악!

"엄마도 짧게나마 남자 친구가 있었단다. 설마 그 긴 시간 동안 내가 수녀처럼 지냈다고 생각한 거니?"

솔직히 말하자면 한 번도 깊이 생각해 본 적 없다.

엄마가……, 우리 엄마가…… 말도 안 돼! 부모님은 섹스를 하지 않아, 맞지? 누군가 그렇지 않다고 말한다면, 나는 귀를 틀어막고 노래를 부를 거다. 랄라라 라랄라라~.

"네게 이런 얘기를 안 한 이유는 말이야. 너희가 평생 만날 리 없는 남자에게 정을 붙이지 않았으면 해서였어. 그런 혼란스러운 상황을 더 이상 겪게 하고 싶지 않았으니까. 물론 내가 네 아빠에게 아무 감정이 남아 있지 않다고 해서, 네 아빠가 너희를 떠난 일을 용서할 생각은 없어. 내 모성이 너희를 네 아빠에게서 멀리 떼어 놓아야 한다고 말하고 있지. 하지만 넌 이제 열여덟 살이잖아. 어른이나 다름없어. 그러니 스스로 아빠를 보고 싶은지 아닌지를 결정할 때가 됐어."

"뭐, 완벽히 틀린 결정을 하긴 했어요."

내가 화가 난 목소리로 대답했다.

"아빠에게 도움을 요청했더니, 아빠가 내 등에 칼을 꽂은 거나 다름없어요. 절대 경찰에게 연락하지 말아 달라고 부탁했는데, 대체 뭘 한 건지 모르겠어요. 아빠는 나랑 헤어지자마자 바로 경찰서로 갔다고요. 처음부터 나쁜 아빠인 걸 알았어야 했어요!"

"그게 아니란다."

엄마가 조용히 말했다.

"그보다는 네 아빠가 드디어 진짜 아빠처럼 행동한 거지."

* * *

오늘은 수요일. 놀랍게도 줄리는 내가 걔네 집에 도착하기도 전에 밖에 나와 나를 기다리고 있었다.

어젯밤 줄리에게 전화해 무슨 일이 있었는지 전부 얘기해 주었다. 갑자기 튀어나온 경찰, 내가 얼마나 아빠에게 화가 났는지, 11년 만에 처음 가진 네 식구의 저녁 식사, 아빠를 보고도 놀라지 않은 동생 이야기까지 말이다.

"와! 웬일로 나와 있네!"

나는 브레이크를 잡고 자전거를 줄리 옆에 세웠다.

"그게 중요한 게 아니야. 네 페이스북 담벼락 확인했어?"

"아니. 왜?"

"네 누드 사진이 올라왔어."

21

"안 돼!"

내가 크게 소리쳤다.

"이럴 줄 알았어! 아빠 때문이야. 왜 더 일찍 전화하지 않았어? 당장 사진을 지워 버리지 그랬어!"

"린다, 진정해. 그렇지 않아도 아침에 보자마자 너한테 전화한 거야. 근데 네가 전화를 안 받았어. 벌써 집에서 출발한 것 같았어. 그래서 바로 네 담벼락으로 가서 사진에서 네 이름 태그된 거 지웠어. 하지만 네가 또 태그된 것 같아."

줄리는 내게 휴대폰을 넘겨주었다. 내 담벼락에 올라온 누드 사진을 보았다. 사진이 올라온 지 5분도 안 되었는데, 벌써 39개의 '좋아요'가 달리고 스물세 번이나 공유됐다. 대체 다들 아침부터 페이스북에서 뭘 하는 거야? 정신이 없었다. 나를 태그한 사람, 분명

히 브람이나 조나단 둘 중 하나일 테지만 어이없게도 프로필 이름
은 '린다 누드'였다. 사진은 어제 새벽 1시에 처음 올라왔다. 줄리
가 아침에 태그를 지워 버린 사진이 바로 이거다. 그래 봐야 소용
없는 게 벌써 132명이 '좋아요'를 누르고, 54명이 지난 밤 이 사진
을 공유했다. 내가 알지도 못하는 남자들이 '좋아요'를 눌렀다. 더
러운 느낌이 들었다.

"이제 어떡해, 줄리?"

나는 너무 당황스러웠고 이미 전쟁터에서 진 느낌이었다. 이마
에 맺힌 식은땀이 흘러내려 얼굴과 등을 간질였다. 조금이라도 피
해를 줄이려면 서둘러 움직여야 한다. 그러나 아무 생각도 할 수
없었다. 아무것도 말이다. 이제야 사람들이 '발가벗고 광장에 선'
느낌이라고 얘기할 때 그게 어떤 건지 알겠다. 지금 내가 딱 그 상
황이니까.

며칠 간 겪은 소동 탓인지 더 이상은 견딜 수가 없었다. 머릿속
에서 퓨즈가 나간 듯했다.

다행히 줄리가 내 옆에 있다.

"일단 페이스북에 접속해서 네 허락 없이는 아무도 너를 태그하
지 못하게 설정을 바꿔 놓자. 괜찮지?"

"괜찮냐고? 지금 괜찮냐고 물었어? 당연하지! 그런 기능이 있는
지 알았다면 진작 내가 했을 거야. 이 엄청난 악몽을 해결했을 거

라고!"

내가 소리쳤다.

"워워, 진정해. 너 내 코를 물어뜯으려는 건 아니지? 내 얼굴에서 코가 제일 자신 있단 말이야. 난 너를 도우려는 거라고."

"나도 알아, 줄리. 미안. 그냥 정신이 없어서 그래. 그럼 네가 설정 좀 바꿔 줄래? 나는 이만 집에 가야겠어. 생각할 일이 있거든. 그리고 학교 애들을 볼 자신도 없다. 다들 내 사진 봤을 거 아냐. 이번 생은 망했어!"

* * *

집에 돌아오니 다행히 엄마와 동생은 없었다. 나는 책가방을 바닥에 내던지고 울기 시작했다. 이게 도대체 무슨 악몽이란 말인가. 미친 악몽이야. 난 엄청난 실수를 했다. 알지도 못하는 남자애를 철석같이 믿다니. 멍청하게도 그게 내 세상이 무너진 이유다.

내 담벼락에서 사진이 사라지더라도, 이미 셀 수 없을 만큼 많은 사람이 사진을 공유했다. 찌질하고 인기 없는 남자애들이 내 사진을 컴퓨터 바탕화면에 띄우고 더러운 상상을 하겠지……. 더 이상 생각하고 싶지도 않다!

나는 컴퓨터를 켜고 페이스북에 접속했다. 내 담벼락에는 아무런 흔적도 남지 않았다. 하지만 '린다 누드' 페이지는 아직까지 남아 있다. 내가 할 수 있는 일은 아무것도 없다.

머릿속에서 생각이 빙빙 돌았다.

눈덩이처럼 불어나는 이 일을 멈추는 방법이 있을까? 눈덩이가 산사태를 일으키기 전에 말이다. 내 허락 없이는 사진에 내 이름을 태그할 수 없게 막아 놓았지만, 그걸로는 충분하지 않다. 이미 너무 늦었다. 사진에 무슨 일이 일어나는지 체크할 방법이 없으니까. 만약 사진이 수백만 번 공유됐다고 하더라도, 내가 할 수 있는 일은 여전히 없다. 그저 눈보라가 몰아쳐 눈덩이를 부숴 버리길 바라는 것뿐이다. 하, 이게 페이스북이라고! 하루 정도 지나면 피아노 치는 귀여운 고양이가 화젯거리로 떠올라 내 일 따위 잊히지 않겠어? 그렇겠지?

신음이 나왔다. 그래, 실제로 페이스북에서는 그럴 수 있다. 하지만 학교는 다르다. 다들 몇 주, 몇 달, 그리고 몇 년 동안이나 이 일을 기억할 거다. 화제가 사그라들어도 나를 기억하고 말 거다.

"나 어제 '그' 린다 봤는데 말이야. 지금 안트베르펜에 살고 있더라고."

"린다? 린다가 누구야?"

"있잖아, 누드 사진 찍은 애."

"아, 린다 누드……. 똑바로 말해야 알아듣지!"

나는 학교에 가지 않을 생각에 그 이유를 선생님한테 어떻게 설명할지 한동안 고민했다. 갑자기 내 눈앞에 누군가의 얼굴이 스쳐 지나갔다. 그래, 선생님. 이. 미친. 젠장. 선생님들도 내 사진을 봤을 거다. 항상 땀에 젖은 더러운 손을 내 목덜미에 얹는 물리 선생님도 내 누드 사진을 볼 거란 말이야! 아마, 아마도…… 내 사진을 가지고…… 더러운 짓을…… 할지도 모른다. 갑자기 속이 메스꺼웠다. 머리가 핑핑 돌았다. 내 누드 사진이 가져올 엄청난 뒷일이 계속해서 튀어나왔다.

더 이상 생각하고 싶지 않다. 더는 아니다. 당장 잠이 들어 내년 이맘때쯤 일어나고 싶다. 아마 그때쯤이면 누군가가 다른 멍청한 실수를 하겠지. 학교의 누군가가 임신을 할지도 몰라! 아, 갑자기 스스로가 너무 싫어진다. 단지 내 문제를 해결하려고 죄 없는 10대 소녀를 맘대로 임신시키다니. 대체 어디까지 내려가야 정신을 차릴 거야, 린다?

침대에 누웠지만 잠이 든다는 건 그저 허황된 꿈이다. 여러 가지 상상, 이미지, 그리고 모든 생각이 내 머릿속에서 싸움을 벌였다.

나를 비행기처럼 높이 들어 올려 주던 아빠를 생각했다. 아빠는 사랑을 듬뿍 담아 내가 아빠의 영원한 어린 소녀인 듯 쳐다보았다. 그러다 브람의 얼굴, 나를 보고 싶다는, 자기를 믿어도 된다고 말하는 그 모습이 떠올랐다. 나를 문란하다고 말하는 줄리의 얼굴도 떠올랐다. 운동장 한가운데 서 있는 나를 모두가 손가락질하며 비웃는 상상을 했다.

물리 선생님이 내 목에 젖은 손을 얹은 기분이다. 피부가 얼얼하다. 속이 울렁거린다. 이 고통을 멈추게 할 뭐라도 있었으면.

엄마가 양주를 모아 놓은 곳이 생각났다. 사실 엄마는 술을 많이 마시지 않는다. 가끔 친구가 집으로 찾아올 때만 화이트와인이나 스파클링 와인을 한두 잔 정도 마신다. 하지만 엄마의 술 장식장에는 나보다 더 오래되었을지도 모를 약 서른 병의 술이 있다.

나는 장식장 문을 열고 안을 들여다봤다. 아무거나 골라 한 모금 마셨더니 자동으로 인상이 찌푸려졌다. 너무 강하고 썼지만, 마시지 못할 만큼은 아니다.

나는 술병을 들고 거실로 가서 손에 리모컨을 쥐었다. 세 번씩이나 봤던 오래된 〈프렌즈〉가 텔레비전에 나오고 있었지만, 채널을 고정했다.

에피소드가 절반 정도 지났을 무렵, 내 첫 잔은 거의 비워졌고 머릿속이 몽글몽글해졌다. 나는 잔에 다시 술을 가득 채우고 아득해진 기억 속으로 떠났다.

* * *

"린다?"

누군가 내 어깨를 흔드는 느낌이 들었다. 눈을 뜨고 싶었지만 풀로 붙여 놓은 것 같았다.

"린다!"

목소리가 나를 더 세게 불렀다.

으, 머리야! 나는 한쪽 눈을 겨우 뜨고 내 앞에서 둥실대는 줄리의 얼굴을 보았다. 갑자기 잠이 확 깼다.

"줄리? 지금 여기서 뭐 하는 거야?"

"너무 걱정돼서……. 너 대체 무슨 생각을 한 거야! 이야기할 수 있겠어?"

내 대답은 듣지도 않은 채 줄리가 옆에 앉아 울기 시작했다.

"무서워. 내 사진도 페이스북에 올라왔어. 더 이상 학교에 남아 있을 수가 없었어. 계속해서 페이스북을 확인해야만 할 것 같았거든."

"너도 설정 바꿨지, 그렇지?"

"당연하지. 아무도 나를 태그할 수 없어. 하지만 걔네들이 원한다면 어떻게든 방법을 찾겠지. 그리고 완전 최악인 게 뭔지 알아? 내가 아직도 조나단을 좋아한다는 거야. 머리로는 조나단이 존재하지 않는다는 걸 아는데, 마음은 그렇지가 않아."

우리는 오후 내내 이야기를 나눴다. 이 일에 얼마나 멍청하게 대처했는지, 내 사진 밑에 얼마나 더러운 댓글이 달렸는지, 우리가 똑같은 일을 겪는 것이 얼마나 무서운지, 그리고 어떻게 다시 학교에 가게 될지 말이다.

난 전학도 고려해 봤지만, 솔직히 그걸 바라진 않는다.

의사 소견서를 받아 이번 주 내내 집에만 틀어박혀 있을까 했지만, 줄리는 그게 가장 최악의 해결법이라고 얘기했다. 나는 꿈쩍하지 않을 거고, 그 누구도 내게 상처 줄 수 없다는 것, 그리고 내가 피해자라는 것을 보여 줘야만 한다. 물론 상처받지 않았다는 건 거짓말이다.

완벽한 세상에서는 내가 이 사이버 폭력으로 입은 상처를 드러내고, 그 누구에게도 이런 짓을 하면 안 된다는 것을 보여 줄 수 있다.

하지만 완벽하지 않은 현실에서는 약한 모습을, 공격받기 쉬운 희생자의 모습을 보여 줄 수 없다. 기다렸다는 듯 모두가 공격을 시작할 테니까.

그게 바로 내가 겁먹은 마음을 뒤로하고 내일 고개를 똑바로 들고 교문으로 들어가야 하는 이유다. 옆에 있는 줄리와 함께 말이다.

22

아니다, 현실은 악몽과 같진 않았다. 내가 운동장을 걸어도 애들이 말을 멈추거나 손가락질하지 않았다. 하지만 몇몇 그룹의 여자애들은 내 쪽을 쳐다보며 자기들끼리 귓속말을 했다. 어떤 남자애는 손으로 가슴 모양을 만들고는 엄지손가락을 척 들어 보였다. 그 순간부터 나는 바닥만 쳐다보았다.

생물 교실에 들어간 우리는 큰 충격을 받았다. 내 사진이 칠판에 붙어 있었다. 무려 A3 크기. 아마 자기들이 프린트할 수 있는 가장 큰 크기였겠지.

마음의 준비를 해 두긴 했지만 꼭 뺨을 맞은 기분이다. 곧 교실에 들어올 생물 선생님이 이 사진을 볼 거라 생각하니 너무나 창피했다. 이 사진을 처음 본 애들도 있는 듯했다. 숨죽이는 소리가 들렸기 때문이다.

다행히 줄리가 바로 움직였다. 줄리는 칠판에 붙은 사진을 거칠게 떼 버렸다. 그리고 사진을 구겨서 작은 공 모양으로 만든 다음 쓰레기통에 던져 넣었다. 하지만 곧 마음을 바꿨는지 다시 쓰레기통으로 향했다. 이제 줄리의 얼굴도 약간 빨개졌다.

줄리는 무슨 말을 하고 싶은 게 분명해 보였지만, 쓰레기통에서 사진을 가져와야 해서 바로 그럴 수는 없었다. 이윽고 줄리는 구긴 사진을 책가방에 넣고는 그 누구도 이 사진을 붙이면 안 된다고 모두에게 경고했다. 그리고 마치 아무 일도 없었다는 듯 자리에 앉았다. 하지만 나는 줄리의 손가락이 떨리는 것을 보았다.

나는 화장실로 달려가 수업이 끝날 때까지 숨고 싶은 마음이 간절했다. 하지만 줄리의 말을 들어야만 했다. 버텨 내야만 한다. 이 일이 나를 건드리지 못한다는 것을 보여 줘야 한다. 다들 나를 괴롭히는 데 질릴 때까지 놔둬야만 한다.

수업이 끝나고 계속해서 다음 과목 교실로 향했다. 생물에서 수학으로, 수학에서 국어로. 가방에서 메모지를 발견하기 전까지는 오늘도 이전과 다를 바 없는 평범한 하루라고 생각했다.

어이, 멋있어 보이는 예쁜이. 가슴 엄청 크고 예뻤던데. 어디 한 번 더 벗고 놀고 싶다면 내게 연락해. 큰남자45@gmail.com

울지 않기로 결심했다. 뺨으로 눈물이 흘러내리는데도 계속해서 다짐했다.

'난 울지 않을 거야. 절대 울지 않아.'

나는 빈 체육관 탈의실에 숨어들었다. 그러느라 역사 수업을 놓쳐 버리고 말았다. 하지만 언젠가는 밖으로 나가야만 한다. 그때가 되면 퉁퉁 부은 내 눈을 보고 내가 그다지 강한 사람이 아니라는 걸 모두가 알게 될 테지. 그렇지만 나는 한 시간 내내 그곳에 숨어 있었다.

밖으로 나와 거울을 봤을 때 두 눈은 아직 빨갰지만, 울었다고 보일 만큼 심하진 않았다. 젠장, 집에 가야겠다. 나는 열심히 했다. 하지만 성공하지 못했다.

얼굴을 옷깃에 묻고는 바닥에 시선을 고정한 채 운동장을 가로질러 걸었다. 자전거 주차장으로 가는 길이다. 운동장은 애들로 꽉 찼다. 다들 집에 가서 점심을 먹거나 학교 밖에서 점심을 사 먹으려고 자전거를 꺼내고 있었다. 이 많은 아이들 사이에서 나는 혼자라는 생각이 들었다.

"오, 우리 예쁜 왕가슴이 여기 있네."

졸업반인 스벤이 다가와 내 가슴을 꼬집었다. 아프고 화가 났다. 손을 들어 그 애를 밀쳐 내려고 했다. 하지만 그러기도 전에 누군가가 스벤에게 주먹을 날렸다. 쓰러진 스벤은 일어나려 애썼지만 꼭 술 취한 사람처럼 다시 자전거 위로 넘어졌다.

　뒤를 돌아봤다. 시몬의 얼굴이 보였다. 시몬은 손이 아픈지 하늘에 대고 주먹을 털었다.

　"미안."

　이렇게 말한 시몬은 곧바로 자전거에 올라탔다.

　"잠깐 기다려!"

　내가 소리쳤다.

　나는 빠르게 자전거 자물쇠를 풀었다.

　하지만 내가 학교 밖으로 나왔을 때는 시몬은 이미 사라지고 없었다.

23

학교 수업이 끝나고 10분쯤 뒤일 시간이다. 줄리는 숨을 헉헉대면서 우리 집 문 앞에 서 있었다.

"린다, 학교에서 도망가지 않기로, 얼굴 똑바로 들고 다니기로 약속했잖아."

"뭐 오늘에야 세상이 자기 계발서와는 다르단 걸 알았지. 이론 상으론 좋았지만 실제론 어려웠어."

"이해해."

"네 사진은 아직 더 올라오지 않았어?"

"응, 아직. 좋아요만 있어."

"그건 그렇고 오늘 꿈인지 생시인지 모를 일이 있었어."

내가 말했다.

"음, 뭔가 미스터리하게 들리는데. 무슨 일이야?"

"시몬이 스벤을 때려서 코피가 터졌어. 스벤이 내 가슴을 만졌거든. 이게 꿈은 아니겠지?"

"말도 안 되지만 꿈도 아닐 거야. 스벤이 하루 종일 코에 탐폰 같은 거 꽂고 돌아다녔거든. 엄청 웃겼어."

"시몬은?"

"모르겠어. 신경 쓰지 않아서. 시몬이 그 일이랑 관련 있을 거라고 생각하지도 않았고."

"하지만 시몬이 굳이 그럴 이유가 없잖아."

"뭐 그냥 영웅이거나…… 아니면 너를 좋아하는 거겠지."

"줄리, 그 얘기는 지난번에 했잖아. 시몬은 앤이랑 사귄다고."

"그렇다면 위험에 빠진 여자를 구하는 걸 좋아하는 멋진 남자겠지."

내가 신음 소리를 냈다.

"으으, 좀 도와줘. 질투 난단 말이야. 완전 멋진 남자잖아!"

용을 물리쳐 준 백마 탄 기사님, 시몬이 고마웠다. 그것도 나를 위해서!

"시몬이 지금 뭘 하는지 찾아봐야겠어! 그리고 고맙다고 말할래!"

"그럼 전화해 봐!"

"그 애 번호가 없는걸. 혹시 넌 알아?"

"내가 어떻게 알아. 너희 페이스북 친구잖아. 메시지 보내 봐."

내가 또 신음 소리를 냈다.

"으…… 페이스북."

"빨리 고맙다고 말하라고. 이 아가씨야."

페이스북에 로그인했더니 마침 시몬도 접속 중이다. 하지만 어제 로그인을 하고 그대로 두었을 가능성도 있다.

> 안녕, 시몬. 별일 없지?

시몬은 바로 대답했다.

> 별일 없지. 손만 좀 아플 뿐이야. ^_^

> ㅠㅠ. 미안해!

> 걱정 마. 다시 그런 상황이 와도 난 똑같이 했을 거야.

> 넌 정말 내 영웅이야, 시몬.
> 내가 어떻게 감사를 표현할 수 있을까?

> 만나서 뭐라도 한잔하지 않을래?

와, 정말로 헷갈린다. 시몬이 내 얼굴을 보면서 뭔가 마시고 싶어 한다고? 이 몇 주야말로 내 생애 가장 헷갈리는 일이 많은 날들이다! 나는 모든 걸 끝내고 전부 제자리로 돌려놓고 싶다. 하지만 시몬의 초대를 거절할 수는 없다. 의미 없는 긴장감에 속만 울렁거릴지라도, 비록 엄청나게 큰 실망을 할지 모르지만 시몬을 만나야만 한다. 난 여태까지보다 훨씬 강력하게 시몬에게 끌린다. 누군들 아니겠어?

좋아. 그럼 클럽에서 볼까?

거기 말고 아무도 우리를 모르는 카페는 어때?
헤커쿠 괜찮니?

응, 그럼 15분 후에 거기서 봐.

시몬이 아무도 모르는 곳에서 나를 보자고 하다니. 나와 함께 있는 게 부끄러운 걸까, 아니면 나와 함께 있는 모습을 앤에게 보여 주고 싶지 않아서일까? 만약 전자라면 왜 나랑 만나고 싶어 하는 거지? 내가 자기를 좋아하는 걸 알고 만나서 거절하고 싶었나? 아, 그게 사실이라면 정말 가슴이 아플 것 같다.

　　　　　　　　　* * *

　10분 뒤 사람이 많지 않은 카페에서 시몬을 기다렸다. 나는 약
속 상대를 찾으려고 카페 안을 돌아보는 게 부끄럽다. 그래서 상대
가 오기 전에 미리 도착하는 편이다.

　곧 시몬이 왔다. 내가 도착한 지 3분이 지나서. 심장이 두근두근
뛰었다. 세상에, 왜 이렇게 긴장되지. 시몬은 자리에 앉기도 전에
나에게 뭘 마실 건지 물어보고는 주문하러 갔다.

　그러고 나서 앉았다. 나와 시몬이 말이다. 시몬과 나. 우리가 카
페에 서로 마주 보고 앉아 있다. 내가 여태 꿈꿔 오던 것처럼 말이
이다.

　"손은 괜찮아?"

　시몬이 손을 들어 보여 줬다. 멍이 든 것 같았다.

　"그 자식 머리가 단단하더라고. 근데 머릿속 뇌는 콩알만 할
거야."

　내가 고개를 끄덕였고, 우리는 서로를 마주 보며 웃었다. 너무
좋아 배 속이 간질간질했다.

　"근데 학교에서 무슨 일 있었어?"

　"실은 정학 먹었어. 하지만 너 때문은 아니야."

　"어떻게……."

"내가 스벤을 때렸잖아. 그 더러운 웃음 지으면서 너를 보는데…… 네 가슴도 만졌고. 그냥 눈이 핑 돌아가더라. 내가 좀 다혈질이야."

"내 눈에 너는 꼭 용감한 기사 같았어."

나도 모르게 이렇게 말했다.

그러자마자 후회했다. 왜 차라리 사랑한다고 고백하지 그래? 견디기 힘든 침묵이 지나간 뒤 우리는 서로를 더 이상 처다볼 수 없었다.

"그런데 너 대체 무슨 일이 있는 거야?"

시몬이 물었다.

"그…… 페이스북에 도는 사진 말이야. 네가 괜찮다면…… 말해 줄래?"

나는 한숨을 쉬었다.

"전혀 재밌는 이야기가 아니야, 시몬. 그래도 나한테 직접 듣는 게 훨씬 낫겠지."

* * *

"너도 내가 멍청하다고 생각하겠지. 이해해."

내 말에 시몬이 대답했다.

"린다, 다들 사랑에 빠지면 멍청해지곤 해."

"너도 경험이 있어?"

"당연하지. 엄마의 직장 동료한테 열정적인 사랑을 고백하는 메일을 보내 봤거든."

나는 한쪽 눈썹을 치켜올린 채 시몬을 쳐다봤다.

"그러니까, 내 또래 여자애였어, 엘스라고. 근데 우리 엄마 직장 동료랑 내가 좋아한 여자애 이름이 같았지 뭐야. 왜인지 내 이메일 주소록에 엘스 아줌마 연락처가 있었고, 그분이 우리 엄마한테 크리스마스 선물을 하고 싶다면서 엄마가 쓰는 목욕 용품을 물어보려고 나한테 연락을 했어. 황당한 일이긴 한데 엘스 아줌마는 내가 자기와 사랑에 빠졌다고 생각했지. 나는 열일곱 살, 엘스 아줌마는 서른일곱 살이었는데 말이야. 어느 날 엘스 아줌마가 나한테 우리는 조용하고 점잖게 만날 수 없다고 했어. 그러고는 이 일을 우리 엄마한테까지 이야기했나 봐. 난 무슨 일이 일어났는지 전혀 몰랐어. 그 이유를 알기까진 오랜 시간이 걸렸지. 알고 보니 엘스 아줌마가 나를 찬 거였어. 아마 내 생애 나눈 가장 이상한 대화일 거야. 난 그동안 왜 엘스가 연락을 안 하는지 궁금하기만 했지."

"헐, 그럼 진짜 엘스랑은 어떻게 됐어?"

"뭐 걔도 나한테 별 관심이 없었더라고."

나는 시몬을 바라보며 대체 어떤 여자애가 시몬에게 관심이 없

을 수 있는지 궁금했다. 저 머리카락! 저 눈! 저 입술! 나는 고개를
세차게 흔들어 생각을 접었다.

"근데 앤과는 어떻게 된 거야? 너희가 사귄다고 해서 놀랐어."

사실 더 알고 싶지 않았다. 하지만 시몬이 내게 이렇게 관심을
보이는데, 그 애 삶에 나도 관심을 갖는 게 당연하다.

"커플이라고? 나랑 앤이랑? 우리 커플 아니야! 대체 어디서 그런
이야기를 들은 거야?"

시몬이 놀라서 물었다.

갑자기 심장이 빠르게 뛰었다. 여태까지보다 더 빠르게. 대체
무슨 말을 하는 거지?

"클럽에서 공연 끝난 후에 너희 둘이 키스하는 걸 봤어. 그리고
그다음 월요일에 앤이 나한테 와서 너희가 사귄다고 하던데."

시몬이 바보 같은 얼굴로 나를 쳐다보았다.

"맞아, 키스했어. 하지만 그건 바보 같은 실수였어. 그날 너무 상
처 받아서 술에 좀 취했거든. 앤이 나를 달래 줬어. 왜냐하면⋯⋯."

시몬은 갑자기 조용해졌다.

"왜, 뭔데?"

내가 조심스레 물었다.

"앤이 네가 페이스북에서 만난 남자와 사귄다고 이야기해 줬
거든."

시몬이 빠르게 말을 내뱉었다.

"사실 요새 계속해서 뭔가 있다고 느꼈어. 아마 앤이 나를 그전부터 좋아했나 봐."

나는 입을 벌린 채 시몬을 바라보았다. 배 속에는 나비가 날아다녔다. 지금 시몬이 하는 이야기가 내가 생각하는 그게 맞는 거야?

"앤이 할 만한 말이네, 맞아."

이제야 이야기가 어떻게 퍼졌는지 알았다.

"그게 전부야?"

시몬이 다시 물었다.

"봐, 이게 어떻게 된 거냐면……."

나는 이야기를 시작하기 전에 손에 든 음료를 전부 마셔 버렸다.

"그러니까 나는 머릿속에서 너를 지우려고 브람이랑 사귄 거야. 네가 나를 좋아하지 않는다고 생각했거든. 그리고 맞아, 나도 잠깐은 브람하고 사랑에 빠졌다고 생각했어. 하지만 난 그전부터 너를 좋아했어."

"내가 너를 좋아하지 않는다고 생각했다고? 그 말은……."

"난 이미 천년 전부터 너를 좋아했어, 맞아."

나는 조심스럽지만 재빨리 말을 하고 시선을 돌렸다.

"우아."

시몬은 겉옷을 집어 들며 말했다.

"나 잠깐 밖에 나가야겠어."

젠장. 또 망했다. 시몬도 나를 좋아한다고 할 줄 알았다. 대체 이 상황을 어떻게 이해해야 하지?

밖으로 나간 줄 알았던 시몬이 뒤돌아서서 내게 말했다.

"너도 나를 따라 나올 줄 알았는데."

"아차……."

나는 서둘러 시몬을 따라나섰다.

밖으로 나가자마자 시몬은 내 얼굴을 붙잡고 키스를 퍼부었다. 처음엔 부드럽고 조심스러웠지만, 곧 열정적으로 입을 맞췄다.

몇 달이나 기다린 보람이 있었다.

24

집에 돌아왔을 무렵엔 분홍 구름을 타고 둥둥 떠 있는 것처럼 느껴졌다.

시몬과 나는 입을 맞추고 난 뒤, 포옹한 채로 어떻게 서로가 서로에게 관심이 없다고 생각했는지 너무 어리석었다고 이야기를 나누었다.

"너 정말 학교 전체가 비웃는 애랑 사귀고 싶어? 다들 내 가슴을 봤는데도?"

내가 시몬에게 물었다.

"난 네 안에 더 많은 아름다움이 있다는 걸 알아. 몇 달 동안이나 너를 좋아해 왔다고 말했잖아. 내가 이 첫 장애물에 너를 찰 것 같아?"

시몬이 눈썹을 찡긋거렸다.

"첫 번째 장애물? 너 오늘 나 때문에 누구를 코피 나게 한 거 벌써 잊었어?"

"그건 아무것도 아니야."

시몬이 대답했다.

"우리가 사귀기 전 일이잖아. 그런데 있지, 지금 내 기분이 얼마나 좋은지 설명하기 너무 어렵다, 린다!"

시몬의 말에 내 심장이 튀어나올 것만 같았다.

"빈말 아니야. 알지? 그리고 너도 나를 좋아했으면 좋겠어."

"너 미쳤어? 내가 너를 좋아하니까, 혹시나 모를 지옥에서 너를 구해 주고 싶어서 하는 말이야. 난 지금 걸어 다니는 재앙이나 마찬가지라고! 너도 페이스북에 누드 사진이 돌아다니는 애랑 길을 걷는 게 부끄럽잖아."

"부끄럽다고?"

시몬이 어이없다는 듯 웃었다.

"린다, 너 정말 순진하구나. 부끄러워할 게 뭐가 있어!"

"그냥 빈말하는 거지?"

"전혀."

"나 절대 밖에 나가지 못할 거야."

"그런 생각 마. 언젠가는 나가야 할 거야."

"나 인터넷으로 공부할 수도 있어."

"그치, 안 그래도 네가 인터넷을 잘 활용해서 많은 걸 배웠잖아."

시몬이 시니컬하게 말했다.

"아니, 넌 내일 고개를 들고 교문을 통과할 거고 난 남은 한 해 동안 네 손을 놓지 않을 거야. 뭐 수업 중엔 손을 어쩔 수 없이 놔야겠지만. 내가 너보다 한 학년 높으니 같은 수업을 들을 수는 없잖아."

이윽고 내 방으로 올라와 이메일을 열었을 때, 분홍 구름은 한순간 사라지고 말았다. 괴로웠다. 엄청나게 많은 친구 신청이 들어와 있었다. 전부 남자애들이 보낸 것이다. 몇몇은 내가 학교에서 혹은 클럽에서 봤던 아는 얼굴이지만, 그중 세 개는 나를 익명으로 팔로우하려고 가짜로 만든 계정이다. 난 친구 신청을 다 무시했다. 모두가 나쁜 마음을 먹고 친구 신청을 한 게 아닐지도 모르지만, 내 가슴을 보기 전까지는 내게 관심 없던 사람들이다. 그것만으로 친구 신청을 거절할 충분한 이유가 되지 않을까?

그리고 나는 담벼락과 메시지를 확인해 보았다. 나를 응원하는 친절한 메시지도 있었지만, 나를 문란하거나 관심종자, 아니면 그냥 순진 빠졌다고 말하는 메시지도 많았다.

하지만 이번엔 울지 않았다. 대신 모든 이들을 차단해 버렸다. 내가 여태까지 친구로 여기던 아이들이다.

화면을 물끄러미 쳐다보았다. 내 오랜 사진도 보았다. 오랜 메시지도 읽었다. 그러고 나서 내 삶에 페이스북이 없다고 정말 나빠

질까 생각해 보았다. 나는 사진첩으로 들어가 내가 좋아하고 오래 기억하고 싶은 사진을 내려 받았다.

그러고는 페이스북 '설정'으로 들어가 '보안 및 로그인'을 클릭했다. 진짜 계정을 비활성화하겠느냐는 메시지가 떴을 때는 잠깐 망설였다. 하지만 나는 생각이 바뀌기 전에 빠르게 '네'를 눌렀다.

클릭 한 번에 소셜미디어를 닫아 버리고 나면 당황스러울 거라 예상했다.

하지만 그런 일은 없었다.

대신 마음이 안정됐다.

* * *

안타깝게도 그 기분은 오래가지 않았다. 왜냐면 숙제를 시작한 지 채 10분도 지나지 않아 엄마가 내 방에 들어왔기 때문이다. 엄마는 여전히 코트를 걸치고 신발도 벗지 않은 채 숨을 고르고 있었다.

"왜 이렇게 일찍 오셨어요?"

내가 놀라서 물었다.

"오늘 직장 동료랑 저녁 먹고 온다고 하지 않으셨어요?"

"이번엔 네가 물을 차례가 아니야."

엄마가 으르렁거렸다.

"지금 막 교장 선생님한테 전화받았다. 네가 남자애 둘 싸움을 붙였다고 하던데. 일주일 동안 정학이라고 말씀하셨어."

나는 너무 부끄러워서 바닥으로 기어 들어가고 싶었다. 그러느라 엄마에 대해 생각할 틈이 없었다.

"부엌으로 내려오렴."

이렇게 말하고는 엄마가 먼저 방을 나갔다.

"자. 얘기해 봐."

엄마는 찻잔을 테이블 위에 올려놓고는 고개를 푹 숙여 테이블에 머리를 기댔다. 나는 혹시나 찻잔이 밀려 옷에 쏟아질까 몸을 뒤로 젖혔다.

만약 상황이 너무 슬프지 않았다면 웃어 넘겼을 거다. 엄마는 내게 화가 나 있었다. 그런데도 모성애로 나를 위해 차를 탔다. 얼마나 화가 났는지 하고는 상관없이 엄마는 나를 정말 사랑한다. 그래서 처음부터 끝까지 모든 이야기를 풀어놓았다.

한 시간 반이 지나고 동생이 축구 연습을 마치고 돌아왔을 때도 나와 엄마는 계속해서 부엌 테이블에 앉아 있었다.

"저녁은요?"

동생이 물었다.

"네가 아무거나 만들어 먹어."

엄마와 나는 동시에 말했고, 우리는 눈물이 고인 얼굴로 서로를 바라보며 웃었다.

그제야 동생은 상황이 얼마나 심각한지 알아챘다. 동생은 아무 말 없이 자기 방으로 사라졌다.

나는 엄마에게 어떻게 내 누드 사진이 페이스북에 올라왔는지 이야기했다. 의심할 여지없이 브람의 복수이며, 내가 자기 베프를 경찰에 신고해서 일어난 일이라고 말이다. 내가 학교에서 어떻게 비웃음당하고 괴롭힘당했는지도 전부 얘기했다. 그리고 백마 탄 기사님 시몬에 대해서도 말했다.

"교장 선생님이랑 이야기를 더 해야겠구나. 상황을 잘 설명하면 정학 기간을 줄여 주실 거야. 아니면 아예 정학을 취소할지도 모르지."

"안 돼요, 엄마. 이건 완전 개인적인 일이란 말이에요. 저는 교장 선생님이 알길 바라지 않아요."

"일주일이나 정학을 받았어. 성적이 떨어질 거야!"

"아마 제가 감기에 걸려 집에 일주일 동안 있게 된 거라면 그 정도로 걱정하진 않으실걸요. 이렇게 하면 어때요? 정학 기간엔 줄리한테 수업 노트 보여 달라고 하고, 수업 내용도 설명해 달라고 할게요. 그 대신 교장 선생님한테 얘기하지 말아 주세요. 교장 선생님은 정말 별로란 말이에요. 믿음직스럽지 않다고요. 엄마가 비밀스럽게 한 얘기를 다른 선생님한테 퍼트릴 수도 있는 분이에요."

나는 엄마가 선생님을 어떻게 존경해야 하는지에 대해 설교할 거라고 생각했다. 하지만 놀랍게도 엄마는 이렇게 말했다.

"그래, 좀 별로긴 하더라."

나는 너무 놀라 웃음이 나왔다.

"생각이 같아 다행이에요."

내가 말했다.

"엄마, 저 진짜로 너무 피곤해요. 이 상태로 일주일 넘게 잘 수도 있을 것 같아요."

"학교를 떠나 있는 게 정답이 아니란 건 잘 알고 있지?"

"이건 싸움이 아니에요. 오늘도 학교에 갔단 말이에요."

"그리고?"

"별로였어요. 그렇다고 죽을 정도까진 아니었어요."

"페이스북은?"

"지워 버렸어요."

"페이스북 전부?"

엄마가 놀라서 물었다.

"저는 마크 주커버그가 아니니까 페이스북 전체를 지우진 못했죠. 하지만 내 프로필은 지웠어요."

"대단하네."

엄마가 말했다.

"그러면 우리 이제 아르너를 구하러 가 볼까?"

엄마가 동네 피자집 메뉴판을 집어 들며 말했다.

"꼭 그래야 해요?"

내가 웃었다.

* * *

네 번째 피자 조각을 집어 들어 입에 넣었다. 엄마에게 모든 것을 털어놓으니 어깨가 가벼워지고 입맛도 돌아왔다. 그때 줄리가 우리 집에 막 들어섰다.

"죄송해요. 이미 식사 끝나신 줄 알았는데. 원래 일찍 드시잖아요, 그렇죠?"

"보통은 그렇지."

엄마가 말했다.

"그런데 오늘은 특별한 날이란다. 너도 한 조각 먹을래?"

"저 방금 저녁 먹고 온 거예요."

이렇게 말하면서도 줄리는 하와이안 피자 한 조각을 집어 들었다.

"혹시 경찰서에서 연락 왔는지 물으려고 왔어."

줄리가 입안 가득 피자를 우물거리며 말했다.

"너희 아빠는 경찰 조사가 어떻게 되어 가고 있는지 알고 계시지 않을까?"

"그래. 내가 지금 전화해 볼게."

꼭 아빠에게 전화하는 게 평범한 일인 듯 대답했다.

"경찰서에 전화해 보고 다시 연락 주신대."

나는 아빠한테 들은 이야기를 그대로 전했다.

"으, 완전 긴장되네."

줄리는 고기가 잔뜩 놓인 두 번째 피자 조각을 먹으며 대답했다.

우리 셋이 줄리를 이상하게 쳐다봤다.

"왜? 나는 긴장하면 먹기 시작한다고!"

줄리는 입안 가득 음식을 물었다.

"뭐, 그래 해피엔딩으로 끝나는 동화는 많으니까."

내가 말했다.

"용에게 공격받은 아름다운 공주님과 그 용의 코피를 터뜨린 잘생긴 왕자님 얘기 말이지."

줄리는 너 미쳤구나 하는 얼굴로 나를 쳐다봤다.

"내 방으로 가자. 아빠 전화 기다리는 동안 해 줄 얘기가 있어."

에필로그

두 달 뒤 나와 줄리는 클럽에 있었다. 나는 내 섹시한 남자 친구가 공연 준비를 하러 백스테이지로 들어가기 전 끈적끈적하게 키스를 해 주었다. 시몬의 밴드는 새로운 베이스기타리스트와 공연할 예정이었고, 다들 기대 만발이었다.

"저기 쟤야."

시몬은 바에서 드러머와 이야기하는 스무 살 정도의 잘생긴 남자를 가리켰다.

"그나저나 내가 말했나? 쟤가 네 옆에 있는 예쁜 친구한테 남자 친구가 있는지 물었어."

"정말? 줄리가 엄청 기뻐하겠다. 줄리도 자신감을 가질 필요가 있지. 그 녀석 때문에 힘들어했거든."

내가 전화한 다음 날, 아빠는 경찰이 예스 드동커르의 휴대폰에
서 줄리 사진을 찾았다고 알려 주었다. 그리고 브람은 내 사진을
페이스북에 올리면서 스스로를 늪에 빠트린 꼴이 되고 말았다. '린
다 누드' 페이지를 만든 탓에 경찰이 브람의 아이피 주소를 추적할
수 있었기 때문이다. 경찰은 조나단도 찾아냈다. 셋 다 조사를 받
으려면 컴퓨터, 태블릿, 휴대폰을 포기해야만 했다. 줄리는 안도
의 한숨을 내쉬었다. 줄리 사진은 그 어디에도 다시 올라오지 않
았다.

그래, 악몽 같은 시간이었다. 하지만 나에게는 완벽에 가까운
친구와 남자 친구가 있다. 그리고 아빠도 있다. 아마 아빠는 지난
11년 동안 내 인생에 일어난 모든 일을 알지는 못할 터이다. 하지
만 그거 알지, 친구는 많을수록 좋다는 거? 이제 아빠와 나는 친구
처럼 이런저런 이야기를 나눈다. 그리고 배다른 자매도 만났다.
이름은 촌스럽지만 열두 살 치고는 엄청 쿨한 애다.

"린다, 잘 있었어?"
엠마가 신나게 다가와 꼭 껴안으며 인사했다.
"여기서 다시 봐서 얼마나 좋은지 몰라!"
"맞아, 안 온 지 너무 오래됐지. 얼굴 비추기가 껄끄럽더라고. 그

리고 우리가 걔들을 만난 데가 여기잖아. 좋은 기억은 아니니까."

"이번엔 좋고 새로운 기억으로 가득 채우자."

엠마는 그렇게 말하며 내 손에 잔을 쥐여 줬다.

"그런데 아직도 이상한 연락받고 그래?"

"뭐, 헛소리하는 남자애들이 여전히 있긴 해. 그렇지만 페이스북을 없앴으니까 훨씬 조용하지. 그리고 학교에 괴롭히는 애들이 많지 않아서 다행이라고 생각해. 상황이 훨씬 더 나쁠 수도 있었는데. 뭐 다들 나를 '그 누드 사진의 린다'라고 부를 테지만, 어서 시간이 흘러 특별하게 받아들이지 않길 바라고 있어."

"곧 그렇게 될 거야. 요새 그거 유행이잖아. 연예인들이 옷을 반쯤만 걸치고 거리를 돌아다녀도 다들 아무 말도 하지 않아."

엠마가 말했다.

"오, 그러면 네가 제2의 패리스 힐튼이 되는 건가."

막 도착한 줄리가 덧붙였다.

"섹시한 콘셉트로 완전 유명해질 수 있는 거 알지?"

"으 맙소사, 사실 그게 내 바보 같은 장래희망이었잖아."

웃음이 터져 나왔다. 우리가 전처럼 가벼운 농담을 할 수 있다는 게 너무 즐거웠다.

"와, 저 베이스기타리스트 엄청 잘생겼는데."

줄리가 두 눈을 커다랗게 뜨며 말했다.

나는 웃음이 나왔다.

우리 모두는 잘 지낼 것이다.

옮긴이의 말

이 책의 주인공 린다는 벨기에의 평범한 10대 소녀이다. 짝사랑하는 남자애의 음악 공연에 쫓아다니고, 베프인 줄리와 하루 종일 붙어 지내며, 소셜미디어를 하느라 바쁘다. 청소년이 드나드는 클럽이나 카페에서 음주가 허용되는 문화적 차이를 제외하면 우리나라 아이들과 별다르지 않다.

그날도 여느 날과 같았다. 텔레비전 시리즈를 보다가 무료해진 린다는 페이스북에 로그인했고, 모르는 남자애의 친구 신청을 허락하면서 '그 일'이 벌어졌다.

린다는 낯선 남자애와 매일 채팅을 하며 점점 사랑에 빠졌다. 현실의 그 누구보다도 이야기를 잘 들어주고, 완벽한 믿음을 주는 사이버상의 남자 친구. 린다는 '그 일'이 벌어지고 나서도 여전히 그 애를 믿고 싶어 한다. 하지만 현실은 깨닫는 데 그리 오랜 시간이 걸리지 않았다.

작가는 '그 일' 이후 린다가 이 상황을 어떻게 받아들이고 대처하는지를 중심으로 이야기를 끌고 나간다. 물론 현실은 린다의 결심대로 흘러가진 않는다. 린다는 그 사실에 좌절하면서도 결국은 그것을 발판 삼아 성장한다.

또한 작가는 린다만이 아니라 등장인물 하나하나에 숨결을 불어넣고, 어른인 부모의 성장도 함께 그린다. 엄마가 마음을 열고 린다와 대화하는 장면, 용기를 내 린다에게 연락하는 아빠까지. 이 과정이 쉽지만은 않았을 테지만 아픔을 겪은 이들은 어쨌거나 한 발 앞으로 나아간다.

스마트폰 사용과 소셜미디어의 등장으로 사이버 세상에 머무는 시간이 많아진 우리 아이들도 린다와 같은 상황에 맞닥뜨릴지도 모른다. 아이들이 사이버 세상보다는 현실에 두 발을 단단히 딛고 있기를 희망한다.

최진영

읽지 않은 메시지가 있습니다

초판 1쇄	2019년 9월 16일
초판 3쇄	2021년 5월 18일

지은이	카트 드 코크
옮긴이	최진영

책임편집	신정선
마케팅	강백산, 강지연
디자인	이정화

펴낸이	이재일
펴낸곳	토토북
주소	04034 서울시 마포구 양화로11길 18, 3층 (서교동, 원오빌딩)
전화	02-332-6255
팩스	02-332-6286
홈페이지	www.totobook.com
전자우편	totobooks@hanmail.net
출판등록	2002년 5월 30일 제10-2394호
ISBN	978-89-6496-411-8 43850

· 잘못된 책은 바꾸어 드립니다.
· '탐'은 토토북의 청소년 출판 전문 브랜드입니다.
· 이 책의 사용 연령은 14세 이상입니다.